逐夏 中

木瓜黃 著
芊筆芯 繪

目錄
CONTENTS

第十章　起風了

次日。

天氣很好，豔陽高照。

林折夏早餐吃了很多，魏平夾多少菜給她她就吃多少。

魏平：「就猜到妳昨天吃太少，今天早上特地多準備了幾種早餐給妳，多吃就對了，還在長身體，不吃飯怎麼行。」

林荷見她狀態不錯，也放下心來：「下午別緊張，正常發揮就行了，我們也不是非得拿個名次。」

林折夏點點頭，放下筷子說「媽，我去找遲曜上學了」，走之前，她忽然想到什麼，又折回房間。

昨天回來太晚，她把兔子鑰匙圈放在枕邊就睡了。

她拿起枕邊的兔子，把兔子塞進了書包。

這天下午，高二年級大部分人都被抽選去旁聽演講比賽。

午休後，參賽選手集體去禮堂後臺排隊準備。

唐書萱借了同班女生的口紅，準備的時候讓林折夏舉著鏡子幫她照著。

林折夏：「不至於吧。」

唐書萱：「妳不懂，女為悅己者容。」

林折夏：「等等臺下那麼多人，妳能看到他嗎？」

唐書萱：「他能看到我就行。」

唐書萱擦完口紅，問她：「怎麼樣，氣色看起來是不是好了很多？」

其實這種不會被老師發現的口紅，顏色都很淡。

但林折夏還是說：「明豔動人這四個字形容的就是妳，等等他肯定一眼愛上妳。」

演講比賽很快開始，他們在後臺能聽到評審和主持人的聲音。

還有觀眾鼓掌的時候誇張的動靜，一千多個人一起鼓掌，整個後臺好像都在顫。

這聲音讓原本不緊張的唐書萱都跟著緊張起來。

這次，倒是林折夏反過來安慰她：「沒事的，想想妳那位學長，冷靜一點。」

唐書萱：「妳怎麼那麼淡定？」

林折夏有時候會不自覺地用和遲曜相似的語氣裝一下：「哦，我跟妳不一樣，我臨危不亂。」

這股相似的語氣被唐書萱一下認了出來。

唐書萱看她一眼：「妳說話怎麼一股暹囉味。」

「……」

唐書萱在她前面上臺。

她畢竟有過經驗，平時又是社交達人，很快調整好狀態，抬頭挺胸從後臺走了出去。

林折夏在後臺聽見唐書萱的聲音從麥克風裡傳出來，只不過傳到她這裡時隔了一層牆壁，變得沉重而又模糊：「大家好，我是高二七班的唐書萱──」

過了大約二十分鐘，後臺厚重的絲絨門簾被人拉開：「下一位準備。」

門簾外的人看了下舞臺上的情況，又說：「可以了，下一位上臺吧。」

她從後臺走出去前，輕輕呼出了一口氣。

說不緊張肯定是假的，面對這麼多人，怎麼可能不緊張。

但她上臺前低下頭，看了那隻被她偷偷帶進來，藏在掌心裡的小兔子一眼。

她發現好像也沒什麼可緊張的。

抓著這隻兔子，她彷彿從內心深處憑空生出某種力量，那股微小卻溫暖的力量，足以讓她面對一切。

舞臺很大。

對十七歲的她來說，這是一個很大很大的，大到令人恐懼的舞臺。

主持人念完詞，從舞臺中央退下後，偌大的舞臺上就只剩下她一人。

她面前第一排坐著各年級的老師和學校高層。

再往後，就是一片黑壓壓的人頭，近千人坐在臺下。這一刻，所有人都在看著她。

她說不清此刻的感覺，沒有害怕，沒有想退縮，沒有任何念頭，或者說任何念頭都被某個念頭擠下去了。那個念頭就是——遲曜也在臺下。

這些人裡，有遲曜。

認知到這點後，她就不再害怕了。

她無意識地想從這些人裡找尋他的位置。

座位都是按班級排的，她很容易分辨出高二年級的具體位置，然後在那個位置附近掃了幾眼。

她上臺前對唐書萱說過一句「等等臺下那麼多人，妳能看到他嗎」。

她不知道唐書萱剛才能不能看到，但她發現她可以。

她可以從層層疊疊的人群裡，一眼就找到他。

林折夏的目光穿越人群，落在觀眾席後排某個角落。

角落裡，光線昏暗，少年身形削瘦，有些懶散地倚著靠背。

林折夏說話前心跳加快，握緊麥克風：「各位老師，各位同學們好，我是高二七班的林折夏，我演講的題目是『青春』。」

她聲音裡難免帶著些故作的鎮定。

隨後，她看到那道身影動了動。

兩個人的視線似乎交會一秒。

那天也是像這樣，客廳裡人很多，在人群裡，她和遲曜對視了一眼。

周圍是最熟悉的那幫青梅竹馬吵鬧的鼓勵聲。

站在被上千人注視著的地方，林折夏的心臟失去規律般地跳動起來。

但她聲音裡故作的鎮定不自知地褪去了，念出來的稿子也不是先前準備的那篇滿是廢話的稿子，換上了她昨晚重寫的新稿子：「我的青春，可能和大家有些不同，因為對我來說它有一個起點。那個起點是很特別的三個字，那三個字叫『南巷街』。」

她的聲音開始堅定起來。

「我的青春，是從那裡開始的。」

對林折夏來說，長大後的世界裡，有很多奇形怪狀的怪獸。

並不像小時候那樣，可以憑著莽撞和無知無畏到處揮拳頭。

人會在無意識之間變得膽小，變得怯弱。

甚至在面對一些自己本可以做到的事情時，做的第一步卻是自我設限。

但是當她遇到生活中那些許許多多需要鼓起勇氣才能做到的，很困難的事的時候，始終有個人相信她可以做到，並且在她試圖鼓起勇氣的時候，給了她勇氣。

於是她發現那些想像中會到來的狂風驟雨，其實根本無法將她淋濕。

因為這些。

所以她好像變得，比之前更勇敢一些了。

臺下，徐庭坐在遲曜旁邊叨叨：「南巷街，這是你們住的地方嗎？」

「真好啊，我也想有個青梅竹馬，我小時候家裡就我一個人，社區裡雖然有其他孩子，但大家都不熟。」

「林少這稿子寫得挺真實的，有感而發，感覺比前幾個好多了，應該能拿個好名次。」

林折夏的演講稿以敘事為主，她這個人講故事其實挺有意思，把南巷街的生活說得繪聲繪色。

「哎喲，」徐庭即時評價，「我林少小時候還打架呢，看不出啊。」

徐庭這個人想法極其發散：「不過吧，以後林少要是交男朋友了，人家男朋友會不會介意你？」

「畢竟你們熟得兩個人跟一個人似的。」

「都說男閨密遭人恨……」

他說到這，被遲曜打斷：「說完了嗎。」

「？」

「說完就閉嘴，吵到我耳朵了。」

「……」

徐庭撇了下嘴，縮了回去，沒再和遲曜搭話。

遲曜坐的位置靠角落，光線並不好。

他半張臉都被陰影擋著，看不清神色。

剛才臺上的人演講前往他這看了一眼，女孩子穿著一身乾乾淨淨的校服，過長的校服褲管被摺起來，露出瘦弱纖細的腳踝。她起初很緊張，但演講過半，已經說得越來越流暢。

清透中帶著些許溫吞的聲音透過麥克風被放大後傳過來。

演講結束。

他跟著周圍的人一起鼓掌。

高二一班老師在前面回頭看了自己班級的觀賽情況一眼，看到他們井然有序的樣子，又放心地把頭轉了回去。

然而他不知道的是，他們班遲曜在聽完這位選手的演講後，立刻往後靠了靠，闔上眼前對徐庭說：「我睡一下，幫我盯著老師。」

徐庭：「後面的你不聽了？」

遲曜興致缺缺：「這種演講，有什麼好聽的。」

徐庭：「……」

那你剛才還聽。

傍晚放學前，自習課上。

唐書萱從老師辦公室裡拿著一疊東西過來，其中有一張是黃色的獎狀，她把獎狀給林折夏：「妳的獎狀發下來了，給，一等獎！」

雖然在比賽結束的時候，已經公布了名次，但真的拿到獎狀的感受還是很不一樣。

林折夏接過：「謝謝。」

她又補上一句，「妳發揮得也很不錯。」

唐書萱笑笑：「別安慰我啦，我對名次不是很在意，比起名次——」她說著，壓低聲音，「偷偷告訴妳們，我下臺之後，學長誇我了。」

陳琳在旁邊插話說：「可以啊。」

唐書萱笑咪咪的：「他說我發揮得很好，他為我感到高興。四捨五入，我跟他明天結婚。」

林折夏：「……這入的有點過了吧。」

但不管怎麼說，比賽結束都該慶祝一番，於是唐書萱提議：「我們晚上要不要聚個餐呀，學校附近有幾家飯館，再把某個姓遲的叫上，我們一起吃個飯？」

林折夏想了想：「我是沒什麼問題，但他就不一定了，我問問他。」

她偷偷傳訊息給遲曜。

果不其然，對面很快回過來兩個字：『不去。』

林折夏打字，傳過去兩句話。

『你居然敢拒絕我。』

『你知道你拒絕的是誰的邀請嗎？』

遲狗：『？』

林折夏：『你拒絕的是第十屆城安二中演講比賽第一名。』

林折夏這句話傳出去之後，對面沉默了很久。

過去大約半分鐘，遲曜回過來兩句話。

『兩分鐘。』

『自己醒過來。』

林折夏：「……」

你才腦子不清醒呢。

唐書萱發完其他人的作業後，問：「他回妳了嗎？」

林折夏把手機收起來，抬頭說：「我覺得還是別叫他了吧，他這個人，可能不配吃飯。」

她話雖這樣說，到放學時間還是老老實實去一班門口等遲曜。

一班今天拖堂。

林折夏在外面等了近十分鐘，等到他們班數學老師喊：「行了，下課吧。」

話音剛落，整個教室彷彿被人按下啟動鍵，很多人早就收拾完東西了，直接背起書包往教室外衝——

林折夏手裡拿著捲成棍狀的獎狀等在走廊轉角處，等到遲曜和徐庭並肩從教室後門不慌不忙地走出來。

她想嚇一下遲曜，突然從轉角跳出來：「遲曜。」

但遲曜完全沒被她嚇到，只是略微抬眼，掃了她一眼。

她故意把手裡的獎狀抖開，想炫耀，但又不好意思直接說，於是繞了個彎：「今天作業太多，書包都裝滿了，唉，只能這樣拿在手裡。」

遲曜知道她的意圖，連個眼神都不願意分給她了。

林折夏：「好麻煩，還得拿著，其實得獎只是虛名，不一定要特地發這種獎狀的。」

遲曜：「嫌煩？」

林折夏點點頭。

遲曜指了指旁邊的垃圾桶：「那妳扔了吧。」

「……」

林折夏沉默一瞬，又說：「你就不驚訝嗎？」
遲曜：「我驚訝什麼？」
林折夏：「我上臺的時候背的不是週末排練過的那篇，連夜臨時改了稿，所以你應該會驚訝於我的才華。」
遲曜隨手拿出手機，然後把手機螢幕轉向她，按了下側邊的開關，手機螢幕陡然間亮起。
「看到上面的時間了嗎？」
螢幕上顯示的是六點十八。
遲曜拿著手機說：「過去半個多小時了，妳還沒清醒。」
林折夏：「……………」
林折夏轉向徐庭：「你和這種人做朋友一定很辛苦吧。」
徐庭在旁邊憋笑，他咳了一聲說：「啊對，非常辛苦。」
林折夏：「我理解你，和這種人做朋友應該每天都想向他索賠精神損失費。」
徐庭試圖挽回局勢，給林折夏一點面子，邊走邊說：「林少，妳這手裡的獎狀，太耀眼了，光芒差點刺痛我的雙眼，讓我仔細欣賞一下，妳居然拿了一等獎——妳也太厲害了。」
林折夏虛榮心得到滿足：「低調低調。」

她說著，發現遲曜在看她。

遲曜移開眼：「你們兩個智商加起來都不一定過百的人，走路的時候離我遠點。」

因為徐庭馬屁拍得到位，所以林折夏也邀請他一起去吃飯：「唐書萱已經點好菜了，你要不要也一起來？」

校外有不少餐館，雖然二中嚴禁上學期間出校門，但是很多人放學後還是會選擇在學校附近吃飯，所以街對面開了一排餐館。

林折夏拉著遲曜他們進去的時候，桌上已經上了幾道涼菜。

唐書萱：「我怕上菜的速度太慢，就先點了幾道，其他都還沒點，正好你們來了看看菜單，加點菜。」

菜單先傳到遲曜那邊。

他拿著筆，低頭掃了幾眼，隨手勾了幾下後把菜單遞給她。

林折夏接過，然後她發現自己在掃菜單的時候，每一道想打勾的菜前面都已經有了一個略顯潦草的勾。

準得就像，這些勾是她本人打的一樣。

但她知道完全不一樣，因為手中這張紙上的字跡和她截然不同。

「怎麼不點？」陳琳在旁邊問。

因為她想吃的都點好了。

這個認知不知道為什麼讓她感到一些莫名的情緒。

她有點慌亂地把紙筆遞給陳琳：「妳先看吧，我沒什麼要加的了。」

陳琳接過，沒多想：「噢，那我看看。」

他們坐的位置靠窗，大玻璃窗外面有很多背著書包經過的學生。

吃飯中途，陳琳小聲地說了一句：「這就是和開學就在論壇殺了一整頁的人出來吃飯的待遇嗎。」

林折夏忙著啃雞翅，咬著雞翅看她一眼，沒懂她的意思：「？」

陳琳用筷子指指玻璃窗外：「就剛才短短十分鐘，走過去的十個人裡，有九個都會往我們這看。」

「……」

「這麼誇張。」

「沒誇張，」陳琳說：「我還沒用上誇張手法，只是簡單陳述。」

飯桌上其他人都在忙著聊下週運動會的事。

唐書萱：「我在老師辦公室聽見的，我們下週運動會，而且還是和其他學校一起開。」

徐庭：「我也聽高年級的說了，我們學校運動會確實會和其他學校一起開，而且開兩天，不需要上課，今年好像是和隔壁學校一起吧。」

「隔壁學校？」

「就那個實驗附中。」

「……」

林折夏啃完雞翅，差不多吃飽了，於是放下筷子聽他們聊天。

陳琳在問：「為什麼要跟其他學校一起啊？」

徐庭：「我們學校難得開一次，平時很少安排活動，應該是想一口氣做大做強創輝煌吧。」

唐書萱：「這話說得在理。」

林折夏聽著聽著，思緒跑偏，想到陳琳偷偷跟她說的話，忍不住看了坐在旁邊的人一眼。

遲曜的位置正好對著那扇大玻璃窗，他沒加入談話，服務生剛幫每個人都上了份蒸蛋，他正隨手捏著湯匙在碗裡撥弄。

他垂著眼，睫毛像一道陰影遮在眼下，就連下顎線條都透著股疏離的勁。

林折夏看著，沒頭沒腦地想：如果是這張臉，確實不算誇張。

她正想著，被她偷看的那個人也抬眼看了過來，並對她說了句：「妳那碗給我。」

林折夏後知後覺，指了指自己面前那份還沒動過的蒸蛋：「這個？」

遲曜不置可否。

林折夏覺得有些離譜：「你這個人怎麼這樣——」

「我怎樣？」

「你不要太貪心了吧，你都有一份了，這份我還想吃呢。」

遲曜往後靠了靠，漫不經心地說：「那怎麼辦，我就想吃兩份。」

林折夏：「那你去吃徐庭的。」

莫名被戳的徐庭：「？」

接著，林折夏又說：「或者，你餓死吧。」

遲曜勾了下嘴角：「哦，我餓死。」

說完，他直接伸手把她那碗蒸蛋拿到自己面前，林折夏正想說他過分，那隻手鬆開碗後，又把自己剛才那份捏著湯匙撥弄半天的白色瓷碗放到她面前。

白色瓷碗裡也是一份沒動過的蒸蛋。

但說沒動過，可能不太貼切。

因為原本撒在蒸蛋上面的那層蔥花已經被人挑掉了。

她不怎麼喜歡吃蔥花。

不算完全不能吃，但如果時間充裕的情況下，一般還是會把蔥花挑出來。

小時候遲曜在她家吃飯的時候，就見過她挑蔥花。

那次林荷大概是手抖，撒得格外多，她挑了很久，最後嘆口氣：「好累啊。」

遲曜說話一如既往地不太好聽：「那妳別吃了。」

林折夏從小就顯現出一種很識時務的潛質：「……不吃飯會餓，我休息一下再繼續挑。」

然而就在她休息的時候，遲曜拿起了她剛放下的筷子。

林折夏：「你別偷吃我的。」

「……」

過了一下。

她又問：「你在幫我挑蔥花嗎？」

那時候的遲曜不屑地說：「誰想幫妳挑，我不想在吃飯的時候，旁邊有個人嘆氣。」

可能是因為想到小時候。

林折夏看著面前這碗蒸蛋，像是有人很輕很輕地戳了一下她的心臟似的。

應該就是因為兒時舊事吧。

林折夏在心裡加強了這個假設。

不然她找不到其他理由去解釋此刻的心情。

林折夏很快從回憶裡抽離，捧著那碗蒸蛋說：「剛才多有冒犯，是我小人之心度君子之腹。我沒有真的想讓你餓死的意思，我比誰都希望你能夠吃飽飯。」

遲曜一副懶得理她的樣子。

他又靠回去，隨手捏了捏剛才收回去的手指骨節：「閉上嘴，吃妳的飯。」

林折夏飯後回到家，林荷和魏平很給面子地輪番誇了一下她拿獎的事。

魏平：「我就說，妳的演講天賦，大家都是有目共睹的，其實叔叔早就看在眼裡了。」

林荷也很滿意：「這次發揮得還不錯，妳快去寫作業吧。」

魏平拿著獎狀，比自己升職還興奮：「這獎狀等等叔叔立刻幫妳貼起來，要不然貼餐桌對面，每次吃飯都能看到。」

林荷有點無語：「你怎麼不貼家門口，這樣每一個路過的人都能看。」

「好主意，」魏平轉頭問，「夏夏覺得怎麼樣？」

有演講天賦的林折夏本人：「……我覺得，還是收斂一下我的光芒比較好，免得讓其他人感到自卑。」

「……」

幾人簡單聊了兩句。

林折夏回房間，放下書包，拉開書包拉鍊。

她手頓了頓，把藏在書包夾層裡的兔子鑰匙圈拿了出來。

她想了想，把小兔子鑰匙圈擺在書桌上，這樣可以陪著她寫作業。

但才剛放上去，她就不放心，又把它放進了能防塵的櫃子裡。

很快下週二中要和實驗附中一起開運動會的通知正式下發，各班級積極報名準備起來。

七班體育股長平時是個閒職，難得忙得腳不沾地。

體育股長拿著表費力吆喝：「還有誰要報名的，現在女生接力還差一個人。」

「沒人嗎？」

「這是多難得的運動機會啊，一年才一次，大家不該好好珍惜嗎？」

林折夏看了其他人一眼，沒人出聲，於是舉手說：「我可以，填我吧。」

傍晚放學後，她和遲曜在社區門口恰巧碰見何陽。

林折夏對何陽揮揮手：「精神校友——」

何陽背著包走過來：「沒想到開學那時被妳說中，這次一起開運動會，我還真成精神校友了。」

三個人一起走。

何陽問：「你們都報了哪些項目？」

林折夏：「我報接力。」

何陽轉頭：「我曜哥呢？」

遲曜不冷不熱扔給他兩個字：「籃球。」

何陽「靠」了一聲：「我也籃球，我本來還打算獨領風騷的，沒想到還有你，那我明天不是很難裝了。」

林折夏點點頭，深以為然：「論裝，你確實裝不過他。」

遲曜沒說話，但是他做了一個偶爾會做的小動作，手繞在林折夏脖頸後面，手指張開，威脅性地輕輕掐了一下。

這次和上次不太一樣，上次他的手指被冰棒凍得很涼——這次卻很炙熱。

林折夏整個人僵了一瞬。

好在完全沒人察覺到異樣，何陽還在繼續說：「要不然這樣，夏哥，我求妳件事唄。」

林折夏：「啊？」

何陽開始暢想：「明天籃球比賽的時候，妳來送個水給我，替我撐撐場面。不然我下場的時候無人問津，實在很尷尬。如果可以的話，最好再飽含感情地喊幾聲我的名字，偽造成一副我很受歡迎的樣子。」

林折夏感覺剛才落在她脖頸處的觸感還沒消散，有點走神，其實完全沒仔細聽他在說什麼，只聽到個「送水」。

嘴比腦子動得快，很乾脆地答應下來：「好啊。」

「……」

運動會當天，所有人乘巴士來到學校附近的大型露天體育館。

體育館外面停滿了車，兩所學校的人加在一起，場館內外看起來十分擁擠。

實驗附中的校服是藍色的，很好區分。

場館入口有老師駐守，免得學生不守規矩提前離場。

館內呈圓形，外面一圈是看臺，裡面一圈是運動場地。

林折夏跟著班級隊伍入場，熬過學校高層發言後坐在看臺上發呆。

比賽進程很快，沒多久上午的項目就過了大半。

陳琳等等要去跳遠，走之前問：「妳想什麼呢？」

林折夏：「我在想，我昨天為什麼要答應別人一個非常無聊的要求。」

陳琳：「？」

「算了，沒事，」她說：「妳去比賽吧，加油。」

陳琳走後，她看著旁邊提前幫何陽買好的水嘆了口氣。

為什麼會答應呢。

其實答案她自己也清楚。

因為她昨天走神。

而她走神的原因，是她最近似乎開始放大她和暹曜之間一些相處的細節。

這些細節能很輕易地撥動她。

林折夏不再去想這件事情，她拿出手機，發現何陽二十分鐘前傳了一堆訊息給她。

『我等等上場，夏哥，不要忘記了。』

『認準我，我是十二號。』

『妳能找得到吧，我在人群中應該還不算太普通吧，就算略顯普通，以我們多年的認識，妳應該也能在茫茫人海中看到我吧。』

『我能否在實驗附中保全顏面，就看妳了。』

『晚上請妳喝飲料，感激不盡！！！』

林折夏回覆：『我要喝三十杯。』

大壯：『……先不說我零用錢夠不夠，妳喝得完？？』

林折夏趁火打劫：『我每個月喝三杯，喝十個月。』

回完訊息後她放下手機，去看場內。

場內人很多，跑道上有人跑步，有裁判在吹哨，還有站在終點記錄分數的項目記分員。

籃球比賽安排在右側，實驗附中上場選手的球衣上都寫著校名，所以不難辨認。

下半場看起來就快要結束了，她找到在運球的何陽，正要拿起旁邊那瓶水提前從看臺上下去，身後突然傳來一股力量——有隻手搭在她的肩膀上將她按了回去。

她轉過身，看到已經換上球衣的遲曜。

二中的球衣是黑色，寬大的球衣上寫著零號，這個數字看起來有種莫名的肆意，就像此刻少年雖冷淡但被陽光點燃似的瞳孔。

看臺是一層一層的，每一層之間都沒有任何格擋。

遲曜此刻蹲在上一層臺階上，把她按回去之後，那隻手又中途轉個彎，接過她手裡那瓶水。

林折夏內心雖然很想毀約，但答應過何陽的事情還是要做到，於是說：「你要喝水的話，自己去買。」

遲曜：「我懶得去。」

林折夏：「……」

林折夏想到他等等也要上場比賽，退了一步：「那我等等去幫你買，這瓶先給何陽。」

遲曜這才說：「沒想跟他搶。」

他頓了頓，又以一種紆尊降貴的態度說：「我拿下去給他。」

林折夏：「？」

她和何陽的送水約定，不知道為什麼他突然要來摻一腳。

林折夏帶著自己都不知道的很不明顯的期待，問了一句：「為什麼不讓我送？」

遲曜拎著水，掃她一眼說：「很難理解嗎？」

挺難理解的。

林折夏正要點頭，就聽到這個人又說：「我小氣，不想看他出風頭。」

「……」

這個人，心機好深。

林折夏被他理直氣壯的態度震懾住了，一時間忘了制止，於是等她回過神來，遲曜已經拎著她原本要送去給何陽的那瓶水從看臺下去了。

半晌，她低下頭，點開和何陽的聊天紀錄，傳過去兩句話。

『大壯，你自己保重。』

『我救不了你了。』

球場上，裁判吹哨。

何陽停下準備衝上去搶球的腳步，他彎下腰喘氣，一邊揪著球衣領口搧風，一邊等林折夏過來幫他撐場面。

他都準備好了——

等等，他就要以最優雅帥氣的姿態，在眾目睽睽之下接過那瓶水。

他還要故作冷酷，故作習以為常——

何陽正暢想著，他調整好呼吸，下一秒就聽到一道熟悉的聲音。

「喂。」

一瓶水出現在他面前，他順著那瓶水往上看，看到的是他曜哥那張堪稱過分的臉：「你的水。」

何陽內心百感交集：「怎麼是你送給我啊？」

遲曜：「有問題嗎？」

何陽：「有大問題，你放眼全籃球場，誰他媽男生送水給男生的！」

遲曜面無表情：「所以你比他們都更有排面。」

何陽：「……我謝謝你。」

遲曜：「別人只不過是吸引一些女生的注意，而你征服的是你的對手。」

何陽：「……我真的很謝謝你。」

遲曜鬆開手：「不客氣。」

幾分鐘後，籃球場場地換人。

計分板重置清零，城安二中的比賽正式開始。

林折夏坐在看臺上，上半場城安落後，下半場賽點換人，遲曜似乎準備上場，她在一陣不知道誰帶頭喊「遲曜」的叫喊聲裡，看到何陽回過來的訊息。

『我服了。』

『我一下場就很多人問我剛送水給我的是誰。』

『還有要聯絡方式的，我給都給不過來。』

這幾行字裡，林折夏抓到的第一個重點就是那句「我給都給不過來」。

她打字回覆：『你給了？』

大壯：『給了啊，那麼多人在問，我不知道怎麼拒絕就給了。』

「好多人都在喊遲曜的名字，」陳琳結束所有項目，回到位子上說：「最離譜的是，遲曜被換上場不到五分鐘，連隔壁學校的女生都在打探。」

唐書萱也湊過來聊天：「我剛也聽見了，實驗附中有些人在聊。」

陳琳嘆為觀止：「這人氣——我是萬萬沒想到，遲曜這個人不光在我們學校大殺四方，居然還能殺出去。」

林折夏聽著，沒有說話。

陳琳注意到她的反應，問她：「妳怎麼了，怎麼看起來不太高興？」

林折夏抬頭：「啊？」

然後她又下意識否認，「沒有啊。」

陳琳：「妳這還叫沒有啊，嘴角都垂下來了。」

林折夏自己都沒意識到自己不高興。

她和何陽的聊天紀錄還停留在「我不知道怎麼拒絕就給了」這裡。

在二中，除了剛開學那時還有人躍躍欲試，之後就沒什麼人敢要遲曜的聯絡方式了。

大家漸漸默認了一個原則：不要靠近遲曜。

但實驗附中的人並不清楚這一點，所以她也已經很久沒有面對過這樣的事情了。

剛開學那時她雖然也有點小小的不樂意——但那時候的不樂意更接近於一種不想分享朋友的不樂意。

和現在的不高興，似乎有很大差別。

林折夏想了想還是覺得自己實在沒有理由因為這個不高興，大概是別的情緒：「應該是太陽太晒了，我感覺有點悶。」

陳琳伸手探了探她的額頭：「沒有發燒，要不然我跟妳換個位子？我這邊稍微有點遮擋，沒那麼晒。」

林折夏：「好，如果妳等等覺得熱了就跟我說，我們再換回來。」

換了位子後，林折夏繼續看球賽。

平心而論，遲曜呼聲高不是沒有理由的。

即使整個場地人滿為患，但他一出現，所有人的視線還是會自動被吸引。

城安上半場落後不少分，從他上場後，局勢開始變化。

穿著零號球衣的少年上場後突破對方籃下製造進攻機會——

計分板上，城安得分一路攀升。

陽光正烈，所有盛夏的光似乎都灑在了場上那位少年身上，背後傳球，一路撕開對面防禦網，壓哨投進最後一球，分數徹底逆轉。

林折夏耳邊傳來尖叫聲：「遲曜——」

如果不是她產生錯覺的話，從遲曜出現在球場的這一刻開始，旁邊原本為實驗附中加油的啦啦隊似乎都降低了分貝。在降低分貝後，四周開始出現一些私語聲：「他是誰啊？」

「隔壁二中的……」

「她們都在喊，吃藥？哪個吃哪個藥？」

「……」

隔了一下。

她們的話題轉化成：「他下場了，好奇怪，居然沒人送水啊。早知道我剛才就去了。」

私語聲中，又有人說：「好像說是性格奇差，都覺得他應該渴死。」

「……」

林折夏聽到這裡有點無語。

遲曜這個人，是有點本事在身上的。

籃球比賽結束後，場上就看不到遲曜的身影了。

一班和七班看臺座位隔很遠，她也不方便過去找他。

場上，比賽項目一輪接著一輪，林折夏心不在焉地看著，最後又忍不住偷偷拿出手機，點開和遲曜的聊天畫面。

她在聊天畫面裡刪刪打打，最後傳過去一句：『你在幹嘛？』

兩三分鐘後，手機亮了下。

『在更衣室換衣服。』

林折夏打字回：『哦。』

接著，她又一個字一個字打著：『我還以為，你在跟很多人聊天。』

『？』

『哪來的人？』

很奇怪。

僅僅只是一個簡單的問號和四個字，她的心情就稍微好了一點。

林折夏回他：『就是一些年少無知瞎了眼，並且不小心被你蒙蔽的人。』

遲狗：『有病去看病。』

林折夏傳了一個揮拳頭的貼圖過去。

過了一下，就在她準備放下手機認真觀賽的時候，掌心裡的手機又輕微震動了一下。

遲狗：『（圖片）。』

遲曜傳過來的是一張截圖。

截圖上，是個人設置頁面，在「添加我為好友的方式」這一欄裡，所有方式都顯示是關閉狀態。

用ＩＤ搜尋、好友推薦……所有方式都關了。

與此同時，何陽也暴躁地傳來一堆訊息給她。

『我靠。』

『遲曜這個人太狠了。』

『拒絕添加好友。』

『怎麼會有這種人？』

『高冷，裝模作樣！！！』

『我也要改，我也要神祕起來，我也要裝作一副很多人加我我煩不勝煩的樣子。』

『我現在立刻就改！！！！！』

林折夏：「……」

她把剛才遲曜傳給她的話複製貼上傳給了何陽：『有病去看病。』

陳琳在旁邊和唐書萱聊天，中途，她又看了林折夏一眼，關心她的狀況：「對啦，妳現在還悶嗎？」

「不悶了，」林折夏收起手機說：「好像起風了。」

第十一章　勇氣和衝動

第二天，悶熱的天氣真的開始起風了。

風吹在炙熱得有點滾燙的橡膠跑道上，吹過樹梢，吹過整個體育場，帶來一絲難得的涼意。

林折夏的接力項目在上午最後一項。

她把參賽號碼牌別在背後，就開始等廣播叫號。

「請參加高二年級組女子接力跑的參賽選手前往A區準備——」

參賽選手需要提前十五分鐘過去排隊，林折夏聽到廣播之後就跟著其他人從看臺側面下去。

結果她抵達A區後，剛排好隊，就看到跑道旁邊坐著兩個極其眼熟的人。

徐庭對她揮手：「嗨，林少。」

林折夏有點驚訝：「你怎麼在這裡？」

說完，她又轉向另一個人，「還有你，你不應該在看臺待著嗎。」

遲曜今天沒穿校服，今天很多人都沒穿，仗著運動會人太多學校管不過來——而且很多人下了場之後還得換衣服，所以第二天學校默認可以不穿校服。

他穿著件簡單的T恤，下身搭了件牛仔褲，腿長得過分，可能是怕晒，膝蓋上還搭了件脫下來的外套，正和徐庭並排坐在橡膠跑道內側。

幾乎同一時間，人和狗同時說話——

徐庭：「我們下來幫妳加油打氣啊。」

遲曜漫不經心：「閒著無聊，下來看烏龜賽跑。」

「……」

「你整天跟徐庭待著，」林折夏憋著氣說：「多跟人學學怎麼說人話吧。」

徐庭用手肘碰碰他：「聽見沒。」

遲曜：「聽不見，聾了。」

林折夏：「你才烏龜。我第四棒，等等就讓你看看什麼叫驚人的速度。」

遲曜沒說話，整個人都表達出了一個充滿不屑的意思：就妳？還驚人？

說話間，她們隊伍開始點人了。

林折夏不再跟遲曜說話，以往她會在心裡默念「敵人的質疑就是我前行的最大動力，我一定要讓遲曜那個狗東西刮目相看」，但是現在她發現她的想法完全不是那樣。

越臨近上場，她就越緊張。

但這份緊張不是因為裁判的槍響，而是因為她意識到遲曜就在旁邊看著她。並且他會一直注視著她。

很奇怪。

這個認知讓她突然間開始緊張起來。

接力賽過程很快，她準備接棒，同時在心裡自我開導：不就是離她很近嗎，不就是坐在旁邊看著她跑步嗎。

不就是……

林折夏帶著這樣的想法往終點跑去，然而跑到一半她就發覺不對勁。

沒熱身，再加上有心理壓力，而且起跑的時候還過度發力了，沒跑幾步她的小腿肚居然開始抽筋。

等她反應過來，膝蓋已經狠狠蹭在橡膠跑道上，火辣辣地疼。

徐庭喊了句「我靠」。

「怎麼還摔倒了。」

他下意識想衝上去幫忙，很快反應過來要去幫忙也該是遲曜去，回頭卻發現遲曜沒動彈，「你不去扶一下？」

「等她跑完。」

徐庭覺得離譜，忍不住說：「都摔了還跑……」

他想說你也太冷血了，卻意外發現遲曜現在整個人其實很緊繃。

少年說話時喉結動得很費力：「比起被人中途扶走，她會更想跑完。因為這是接力賽，整個隊伍不只她一個人，以她的性格，沒跑完她會自責。」

「所以……等她跑完。」

徐庭愣住了。

他又看向賽道，發現林折夏果然沒讓人扶，她撐著地面以最快的速度站起來，然後繼續往前跑。

不過剛才摔了那麼一下，原本排在前面的七班已經落後其他人一截。

「這就是從小一起長大的人嗎，」徐庭摸摸鼻子說：「還真的跟一般人不一樣。以前我就單純覺得你們很熟，沒想到能到這個程度，不用說都知道對方在想什麼。」

最後毫無懸念地，林折夏最後一個跨過終點線。

遲曜在終點等她，蹲下身：「上來，去醫務室。」

林折夏趴到他背上之前強調說：「如果剛才沒摔的話，我肯定就是第一了。」

這次遲曜沒嗆她，從喉嚨裡「嗯」了一聲。

「你這個嗯最好不是在敷衍我。」

「嗯。」

「……」

林折夏不想說話了。

遲曜背著她去醫務室。
林折夏趴在他背上，聞到一陣被陽光晒過的洗衣粉味。
然後後知後覺地，感覺自己耳朵很燙。
「好丟人啊。」
林折夏把臉埋進他衣服裡說：「那麼多人看著。」
「妳跑完了，」遲曜說：「不丟人。」
——可是被你看到了。
浮在林折夏腦海裡的，第一反應是這句話。
本來她跑之前就莫名其妙在意他會在旁邊看，結果還在他面前摔了。
醫務室在體育場後側。
遲曜背著她走出人群後，她忍不住問：「我剛剛……」
「什麼？」
「摔倒的樣子是不是很醜？」
「……」
氣氛有一瞬間沉默。
林折夏問完就開始後悔，因為這句話很不像她會問的話。
她在遲曜面前什麼時候在意過這個，就是下雨天她不小心掉進水坑，爬起來都不會問

「我剛剛是不是很醜」。

可是最近她就是開始變得不像自己，開始在意起在遲曜面前的形象。

她有點欲蓋彌彰地替自己解釋：「畢竟人那麼多，我也是要面子的，我堂堂林少不能丟這種人。」

半晌，遲曜打破沉默：「還行。」

林折夏：「……還行？」

遲曜又說：「不算醜。」

林折夏威脅道：「再給你一次機會，你重新回答。」

遲曜用實力展示什麼叫重新回答：「有點醜，但還可以接受。」

「讓你重新回答的意思是讓你換個答案，」林折夏說：「不是讓你把『不算醜』這三個字擴充一遍。」

遲曜：「哦，我還以為妳聽不懂這三個字的意思。」

林折夏：「……」

林折夏：「反正你換個答案。」

背著她的人反問：「妳確定？」

林折夏「嗯」了一聲。

遲曜語氣頓了下，重新回答說：「挺醜的。」

「………」

離醫務室越來越近了。

她趴在遲曜背上，兩個人都互相看不見對方的臉。

林折夏不用刻意隱藏自己滾燙的耳尖，她也看不到遲曜此刻說話的神情，但那句故意嗆她的「挺醜的」，語氣似乎有點溫柔。

到醫務室後，穿著醫師袍的校醫查看她的傷勢。

「還行，就是破皮，消毒一下就沒什麼問題了，」校醫打開醫藥箱，「消毒可能會有點疼，妳膝蓋擦傷的面積比較大。」

消毒確實有點疼，但還算可以忍受。

林折夏下意識抓著遲曜的手臂，閉著眼，過了一下痛感漸漸消失。

「消完毒可以在這休息一下，走動的時候當心點就好。妳後面沒有項目了吧——沒有就行，這情況不能跑步。」

校醫闔上醫藥箱，最後叮囑說：「要是之後還有哪裡不舒服的，就再來醫務室找我。」

場上似乎還有其他突發情況，校醫沒在醫務室多待，很快又拎著箱子出去了。

醫務室面積不大，只有三四張床位，中間有白色的簾子做隔擋。

林折夏坐在床位上說：「我想睡一下，大概一小時。我要是一小時後沒醒，你記得過來叫我一下。」

遲曜替她把簾子拉上，說：「知道了。」

說完，林折夏發現遲曜沒有要走的意思。

「你不走嗎？」

遲曜隔著簾子，坐在外面的座位上：「我在這看著。」

林折夏慢吞吞地說：「也不用這麼擔心我。」

「誰擔心妳，」遲曜說：「外面太晒。」

末了，遲曜又說：「也不用這麼自作多情。」

「……」

哦。

林折夏在床位上躺下，醫務室空調有點冷，她又拉上被子。

大概是這兩天在看臺晒了兩天，確實太累，沒多久，她就睡著了。

這一覺她睡得很沉。

在這年這個炎熱的夏天，偷偷睡了一個很沉的午覺。

遲曜坐在跟她只隔著一片透白色簾子的地方陪著她。

林折夏似乎做了一個關於夏天的夢，但很模糊，夢裡有個女孩子在喊「遲曜」。

那個女孩子好像在說：「你是遲曜吧。」

等她意識逐漸回籠，睜開眼後，發現她睡醒了，但那個「夢」還沒有結束。

因為女孩子的聲音清清楚楚地透過簾子傳過來：「我看過你打籃球，我是何陽的同班同學，還跟他要了你的聯絡方式……沒想到在這裡遇到你。」

林折夏反應過來，這不是夢。

是真的有女生在跟遲曜說話，她被說話聲吵醒了。

那女生還在繼續說著：「你是哪裡不舒服嗎？」

聽到這裡，林折夏又感覺有點說不出的悶。

但這次這股發悶的感覺還沒持續多久──

簾子外面，遲曜熟悉的聲音說了句：「妳有事嗎？」

「……」

態度還是一如既往的惡劣。

林折夏心想，如果她是那個女生，保證轉頭就走。

但那個女生防禦能力比她想像得更強，迎難而上：「是有點事。」

「你拒絕添加好友，」那女生說：「能加一下我嗎？」

遲曜還是那個語氣：「不能。」

「我們交個朋友。」

「我不缺朋友。」

「那……」

那女生還想說點什麼，目光落在他手裡正拿著的手機上。

「我沒有手機，」遲曜漫不經心地伸展了一下手腕，把手機揣進口袋裡，說：「太窮了，現在用的手機是借的。」

「…………」

醫務室裡一下變得異常安靜。

林折夏幾乎不敢呼吸。

她沒想到遲曜不僅功力不減，甚至還增進了。

那女生明顯也被噎住，半天說不出下一句話來，最後匆匆說了句：「不好意思，打擾了。」

而遲曜居然還能若無其事認下這句話：「是挺打擾的。」

過了一下，那女生大概是走了，簾子外面徹底安靜下來。

林折夏正想裝作剛醒的樣子，結果還沒開始裝，就聽見一句：「醒了就起來。」

「……」

她從床上坐起來，「你怎麼知道我醒了？」

遲曜：「裝睡還動來動去，不知道的人可能是瞎子。」

她也沒怎麼動吧，就動了一下而已，這都能被發現。

林折夏沒再繼續這個話題，拉開簾子：「我感覺膝蓋不怎麼疼了，我們回看臺吧。」

遲曜扶著她：「能走嗎？」

林折夏嘗試著走了兩步：「可以，就是會走得有點慢。」

重回看臺之後，陳琳和唐書萱立刻圍過來。

陳琳查看她的傷勢：「妳怎麼回事，還疼嗎，看到妳摔的時候我都緊張死了。」

唐書萱：「醫生怎麼說？」

林折夏搖搖頭：「沒什麼事，就是擦傷，是我自己不當心，就是害得我們班拿了最後一名……」

陳琳：「沒有的事，老徐還誇妳呢。」

林折夏接過話：「誇我什麼，誇我身殘志堅？」

陳琳：「……差不多的意思。」

林折夏：「……我就知道。」

運動會接近尾聲。

下午的項目有些特別，參賽的人是全體教師。

有校方拿著攝影機拍照，學生們按要求坐在看臺上觀賽。

期間，有路過的隔壁學校女生突然跑過來跟她搭話。

那女生一看就是聽見了剛才醫務室裡的傳聞，上來就是一句：「遲曜家很窮嗎？」

林折夏：「…………」

她沉默了一下，然後決定加入：「非常窮。」

「他小時候差點因為付不起學費不能繼續讀書，七歲那年就開始在社區垃圾桶裡撿塑膠瓶賣錢，到了十歲，他就跑去打童工，十二歲……」

「行了。」那女生聽不下去了。

她轉頭和旁邊另一個女生說：「這也太窮了。」

「這麼窮的，可不能要啊。」

「……」

等那群人走後，林折夏閒著無聊，偷偷用手機和遲曜聊天。

『我剛剛，幫你穩固了一下你貧窮的人設。』

『畢竟大家都是好兄弟，我不能當眾拆穿你。』

『你想不想聽聽我剛才精彩的發揮？』

遲狗回覆她兩個字：『不想。』

這個話題結束後，林折夏又把話題轉移到臺下的比賽上。

『我覺得我們班老徐肯定跑不快。』

『上次他去校外網咖逮人，結果一個人都沒逮到。』

『回來之後還偷偷跟我們說他很沒面子。』

『不過他問題應該不太大。』

『因為他的對手們看起來實力也不是太強勁的樣子。』

林折夏化身場外裁判，跟遲曜播報起賽況。

說著說著，她隨手打了句：『下午怎麼這麼晒啊。』

聊了一下，她又切出去，勉強敷衍了一下何陽。

大壯：『摔倒了？沒事吧？』

大壯：『等等結束我們不用跟著巴士回學校，可以自由解散，你們呢，晚點一起走？』

林折夏回他：『沒事，不清楚，也許吧。』

大壯：『我勸妳少和遲曜聊天。』

大壯：『近墨者黑。』

林折夏：『。』

大壯：『妳還「。」，妳這是掌握到我曜哥聊天的精髓了。』

林折夏低頭打字：『我還可以更精髓一點。』

大壯：『怎麼說？』

林折夏：『再煩封鎖。』

大壯服了：『……厲害。』

她和何陽經常這樣私底下編排遲曜，她聊到一半，忽然有一片很輕的東西壓下來，嚴嚴實實地蓋在了她腦袋上，她眼前黑了一瞬，與此同時，原本熾熱的陽光也被悉數遮蓋住。

隔了兩秒，她才反應過來，蓋在她腦袋上的是一件外套。

「太熱了，」遲曜不知什麼時候出現在她身後的，他丟完外套後起身，寄存東西似地說：「幫我拿著。」

「……？」

林折夏把外套往後撥開一點，轉頭看他，「你自己不能拿嗎？」

遲曜：「懶得拿。」

林折夏還想說點什麼，遲曜已經越過看臺臺階下去了。

她頂著外套坐了一下，發現這件外套真的很遮陽。

遮了一下沒之前那麼晒了。

所以他剛才是，特地來送外套給她的嗎。

她好像在期待某個答案似地想。

林折夏翻了下剛才她和遲曜的聊天紀錄，在一堆密密麻麻的賽況播報裡，她那句隨手打下的「下午怎麼這麼晒啊」很不起眼地夾在裡面躺著。

然而下一秒，她又自我否定。

她到底在想什麼。

運動會結束，由於不需要返校，所以三人一起乘車回去。

林折夏膝蓋還有傷，在看臺上坐著的時候還好，從車站到社區之間的距離對她來說還是有點長了，她挪動的速度越來越慢。

中途遲曜想背她，但林折夏心裡突然湧上一股彆扭的勁，不好意思和他靠太近：「我自己可以走。」

何陽讚嘆：「我夏哥這鋼鐵般的意志。」

林折夏：「……」

三人放慢速度往南巷街走。

何陽提起他們班的事，問遲曜：「聽說你在醫務室遇到我們班同學了？」

遲曜懶得聊這個。

何陽繼續說：「就一個女生，還挺好看，在我們班很受歡迎，從醫務室回來之後就在班級群組裡對你破口大罵。」

遲曜：「不記得了。」

「……」

作為多年死黨，何陽也忍不住感嘆：「你之前還上了我們學校表白牆，反正這次之後，原本還想跟你要聯絡方式的女生都不要了，你這名聲和國中那時簡直如出一轍。」

何陽補充：「不，應該說是更勝一籌。」

林折夏對他們國中那時的事情了解不多，印象裡只有文章裡那句「不要靠近」，還有何陽之前對她說過的三言兩語。

她忍不住問了一嘴：「什麼名聲？」

何陽：「臭名昭著的帥哥。」

「……」

很貼切。

「他這也是一種本事。」何陽說：「白瞎這張臉了。」

說話間，三人已經走到南巷街街牌處。

陽光從樹蔭間隙灑下，路上的青石板很燙，空氣又悶又熱，但林折夏居然有點開心。

一點理智上不應該，但還是控制不住從極其隱祕的地方冒出來的開心。

何陽又問：「對了，馬上就放小長假了，你們有什麼安排？我爸媽想去旅遊，但這天氣，出去旅遊不就是人擠人嗎。」

林折夏和遲曜幾乎同時開口——

林折夏：「在家念書。」

遲曜：「有個比賽。」

「你有比賽，」林折夏轉頭看他，「什麼比賽，我怎麼不知道。」

「物理競賽。」

遲曜簡單說了一句，「要去海城市，三天兩夜，老劉帶隊。」

林折夏「哦」了一聲：「這麼遠。」

回到家，林荷和魏平也在聊小長假的事。

「夏夏，」聽到她開門的聲音，林荷的聲音立刻從客廳傳出來，「小長假我和妳魏叔叔打算去旅遊，問問妳的想法。」

林折夏的想法和何陽一樣：「我覺得太熱了，你們去吧，我在家裡寫作業。」

魏平：「難得放假，不出去走走？」

林折夏：「要我出門，我寧願多寫一份試卷。」

魏平還想說點什麼。

林折夏急忙道：「你們難得有機會把我扔家裡享受二人世界，勸你們好好珍惜這次機會。」

見她態度堅決，於是林荷和魏平便不再強求。

說話間林折夏從玄關挪到了客廳，出現在兩人面前，林荷驚訝地問她：「妳膝蓋怎麼回事，還有……妳身上這件衣服哪來的？」

「跑步的時候不小心摔了，沒什麼事。」

林折夏解釋完前一句，但她沒反應過來後一句話。

她順著林荷說的低頭看了眼，看到自己身上那件過於寬大的黑色防晒外套。

「哦，遲曜的，」她這才發現外套還沒還給遲曜，解釋說：「我們坐在露天看臺上，太晒了，借來擋一擋太陽。」

聽到是遲曜的外套，林荷也沒再多說，只接了一句：「這麼不當心……等等洗澡的時候小心點，別泡在水裡太久。」

提到遲曜，林荷又多問一嘴：「遲曜假期有沒有什麼安排？要是沒安排的話，妳和他一起寫作業，我和妳魏叔叔出去以後也更放心些。」

「他假期要去參加物理競賽。」

林折夏補充，「你們放心吧，我又不是三歲小孩了，自己在家幾天沒問題的。」

「這樣啊，」林荷說：「我記得他以前就很喜歡物理，小時候好像還說過想當物理學家。」

林折夏也記得。

那是他們剛認識第二年的事情了。

那時候週末安排了一篇作文，作文的題目叫「我的夢想」。

林折夏抓耳撓腮，那時候她還太小，並不清楚夢想是什麼。

她抓了半天頭髮，最後在作文紙上很勉強地寫：我的夢想是保護環境。

她會選這個角度並不是因為多有理想，只不過是這個角度更好發揮，她譴責了一通大馬路上亂扔垃圾的現象。

遲曜的作文寫得比她快，她原本想借鑑，偷偷搶來掃了一眼，看到兩個字：物理。

「你的夢想好奇怪，你為什麼會喜歡這個？」

那時候的遲曜說：「因為有意思。」

林折夏想不明白哪裡有意思。

但她不太滿意自己剛寫了個開頭的作文，想重寫，於是趴在桌上開始發呆。

她捏著筆在計算紙上塗塗畫畫，忽然腦子裡有一個念頭亮了下：「如果我暫時還沒有夢想的話，守護別人的夢想算不算夢想？」

林折夏晚上躺在床上，滑手機的時候滑到他們班老徐的個人頁面。

老徐分享了一則學校官方帳號裡的文章，文章標題就是：『我校派出競賽隊參加漣雲市第三屆高中物理競賽。』

林折夏點進去，文章圖文並茂。

她在裡面看到了很多升學學校的名字，其中還有漣雲一中。

看完她發現這次競賽的規模比她想像中的大很多，上一屆拿到第一名的競賽隊甚至還上了報紙，比賽當天就有很多媒體拍攝報導，場面非常正式。

她看完那篇文章，退出去，傳了則訊息給遲曜。

『你什麼時候走啊？』

遲狗：『後天。』

林折夏：『後天幾點？』

遲曜似乎發現她話裡有話。

『？』

『有事說事。』

林折夏打字回覆：『作為你敬愛的老父親，我當然是要目送你。』

對面回得很快。

『不需要瘸腿老父親拄拐杖目送。』

林折夏：『…………』

說不過，她決定略過這個問題：『你外套在我這，忘記還你了。』

對面回了個「。」表示知道了。

林折夏想到下午他一副使喚她拿外套的樣子，低著頭打字：『在我這寄存衣服是要寄存費的，請問寄存費怎麼支付？』

傳完，她準備好遲曜會回她一些討厭人的回覆。

然而這次遲曜難得說了一句人話。

『口袋裡，自己拿。』

林折夏：『？』

林折夏：『什麼？』

『寄存費。』

林折夏把手機放下，去捏外套口袋。

隔著一層薄薄的防晒外套布料，她摸到一條硬硬的東西。

林折夏有點猶疑地把手探進去，然後從裡面掏出來了……一條沒拆過的糖。

『哪來的糖？』

『你口袋裡怎麼會有糖？』

遲曜暫時沒回覆。

林折夏在等待回覆的間隙拆了一顆糖，發現是檸檬味的。

她咬了下嘴裡的糖，嘗到滿嘴檸檬獨有的酸澀和掩蓋不住的甜味。

沒來由地，她忽然聯想到了去年夏天的那罐汽水。

——那罐冰冰涼涼，滋滋冒著涼氣的檸檬汽水。

過了一下，手機微震，收到兩則新訊息：『福利社買的。』

『沒想到某個人半天都沒發現。』

她和遲曜的關係，似乎是從那罐汽水開始，從那聲「啪嗒」後，有了極其微妙的化學反應。

隔天，林荷和魏平訂好了機票，兩個人小長假出去旅遊。

不願出門的林折夏送他們到門口：「我知道，記得帶鑰匙，記得好好吃飯。」

林荷走之前還放心不下她：「妳膝蓋今天感覺怎麼樣？」

林折夏：「我就是破個皮，而且傷口不深，結痂結得快，休息了一天，今天已經不疼了，走路也沒什麼太大問題。」

林荷：「妳一個人在家千萬注意安全——」

「知道了。」

林荷和魏平走後，林折夏又回床上躺了一下。

陳琳打來一通電話：『我和唐書萱打算出去玩，妳今天狀態怎麼樣了呀，要不要跟我們一起去？』

「去哪？」

『還不知道呢，妳有什麼想法嗎？』

林折夏想了想：「去寺廟吧。」

陳琳：『啊？』

林折夏開始查地圖：「附近就有，過去只要二十分鐘車程。」

陳琳：『讓妳說想法，沒讓妳那麼有創意。我以為大家會比較想去甜點店之類的地方，妳怎麼會想到要去寺廟啊？』

林折夏：「因為遲曜要去參加物理競賽。」

陳琳：『所以？』

林折夏：「所以我想去寺廟裡拜拜，聽說那家寺廟裡的幸運符很靈。」

陳琳：『……』

半晌，陳琳說：『那好吧，我問問唐書萱，如果她也想去我們就去，但我覺得她應該不——』

陳琳說到這，頓住了。

陳琳：『她回我了，說她非常願意，她要過去求個姻緣。』

林折夏也沉默兩秒：「這確實像她會說的話。」

陳琳嘆了一聲：『那我去求個升學考順利吧。』

遲曜下午兩點出發，所以去寺廟的行程非常趕，林折夏怕等她拿著東西回來，還沒來得及給他他就已經走了。

所以她在出發前，傳了一串訊息給遲曜。

『你上車之前記得跟我說一聲。』

『我要去目送你。』

『我就是拄著拐杖我也要去目送你（微笑.jpg）。』

但出乎她意料的是假期寺廟裡的人格外多，求符的地方排了很長的隊。

離開學校，大家都難得穿起自己的衣服，唐書萱今天穿了件連身裙，看起來格外淑女。

唐書萱安慰道：「別著急，應該能趕得上的。」

林折夏有點自責：「早知道我就昨天來了。」

唐書萱：「……昨天妳的腿都還沒好全，妳怎麼過來。」

林折夏：「租個輪椅？」

「……」

三個人排隊的時候聊了一下天。

陳琳活躍氣氛，打趣道：「書萱，妳求什麼姻緣，求妳和那位學長的嗎？」

唐書萱沒有否認：「我希望我們畢業能去同一所學校，希望他將來想談戀愛的時候，第一個考慮的是我。」

她繼續說：「其實我最開始去要聯絡方式的時候，也就是隨口一要，沒有想到後面會發生那麼多故事，雖然都是我單方面的故事。」她說到這裡，頓了頓，「我是真的很喜歡很喜歡他。」

林折夏在旁邊聽著，她望了下前面彷彿沒有盡頭的長隊，還有周圍繚繞的香煙，在佛像面前叩拜的虔誠的信徒。

寺廟已經有些老舊了，院子裡有棵百年古樹，枝繁葉茂。

她收回眼，忽然問唐書萱：「什麼是喜歡？」

她又繼續追問，「怎麼樣才算是喜歡一個人呢？」

唐書萱被這兩句話問愣住了。

她想了很久，最後說：「我也不知道要怎麼解釋，但是如果妳喜歡上一個人，妳一定會發現的。」

這天隊伍排了很長。

林折夏排到的時候，虔誠地捏著福袋朝佛像叩了幾下。

她俯下身的時候在心裡默念：希望遲曜比賽順利。

不對，不只是比賽，希望他以後事事都順。

還有平安健康也很重要……這樣會不會許太多心願了。

網路上流傳說很靈的「幸運符」其實就是一個紅色的小福袋，用紅繩串著，像個小吊飾一樣。

然而林折夏剛拎著幸運符站起來，就收到了遲曜的訊息。

『上車了。』

「……」

林折夏：『不是說下午走嗎，現在才中午。』

遲狗：『老劉特地開車過來接我。』

「怎麼了？」陳琳問她。

「遲曜提前出發了，」林折夏放下手機，有點失落，「我還是沒趕上。」

不用趕回去送東西給遲曜，幾人從寺廟出來後，挑了一家環境比較好的餐館一起吃飯。

點完菜，陳琳見林折夏還在盯著那個福袋看。

她放下菜單後說：「沒事的，他成績那麼好，參加個比賽對他來說只是小意思。」

唐書萱也說：「是呀。妳想想他那個分數，就算遇到漣雲一中的對手也不怕。」

「而且妳就算不想他的分數，也要想想這個人的性格——」

唐書萱搖搖頭，「就這種百毒不侵的性格，只有他去毒害別人的份。」

站在唐書萱的角度，她根本想像不到遲曜參加競賽居然需要被人擔心。

她甚至覺得，應該多擔心擔心遲曜的對手才對吧。

林折夏捏著福袋說：「不是的，他……」

他有時候就是死要面子。

他也會緊張。他甚至，有時候會睡不著覺。

但這些只有她一個人知道的話在嘴邊轉了一圈，最後沒有說出口。

與此同時，林折夏記憶被拉回到多年以前。

那時候遲曜身體已經好了一些，正常回到學校上課，只不過在學校裡不怎麼招人喜歡。

在其他同學眼裡，遲曜這個人很難相處。

不怎麼理人，總是一副「離我遠一點」的態度。

只有她放學跟在他身後嘰嘰喳喳地：「遲曜，今天學生餐廳的飯好難吃。」

「遲曜，我勞作課作業不會做，我知道像你這麼樂於助人的人一定會幫我的。」

「今天我們老師上課把我名字念錯了，他居然叫我林拆夏。」

「結果我同學現在都開始叫我拆夏——」

「……」

從小學回南巷街那條路很短，樹蔭環繞，那時候的林折夏背著魏平送的粉色書包和遲曜一起走。

她換了好幾個話題，最後想起來一件事，又喊：「對啦，聽說你下週要去參加奧林匹克數學比賽。」

林折夏繼續說：「你不要緊張。」

那時候的遲曜停下腳步，他雙手插在衣服口袋裡，說話時一副冷淡又居高臨下的模樣：「我會緊張？」

她那時不懂遲曜說這話的意思，只說：「人都會緊張啊。」

遲曜堵住了她的話：「我不會。」

「那種小比賽，我根本不當回事。」

不過即使再懵懂，她也隱約感覺到遲曜那點不尋常的堅持。

好像被人看輕，被人覺得不夠強大，對他來說是一件無法接受的事情。

這點懷疑在奧林匹克比賽前一天，意外得到了驗證。

那天很巧地，遲曜家鑰匙弄丟了。

開鎖的工人已經下班，要明天上午才能過來，所以遲曜只能暫時住在她家。

林荷和魏平原本想把臥室讓給他，但遲曜說什麼也不想那麼麻煩他們，最後拗不過，在沙發上幫他鋪了床被子。

林折夏披著頭髮看林荷鋪被子：「他也可以和我一起睡。」

遲曜直接拒絕：「誰要和妳一起睡。」

「……」

林折夏：「我允許你跟我一起睡已經是你的榮幸了，你不要不識好歹。」

林荷轉頭看她一眼：「妳少說話。」

林折夏閉了嘴。

然後她晚上起夜，經過客廳的時候發現林荷鋪的那床被子還是完完整整的，沒有被人使用過的痕跡，整個客廳只開著一盞很微弱的燈。透過微弱燈光，她看到坐在客廳地毯上的那個人。

回房間後，她特地留意了一下牆上的時鐘，時針指向的方向是「二」。

……為什麼這個人半夜兩點還不睡？

林折夏想到這裡，服務生正好上菜：「您好，菜都上齊了，請慢用。」

她回過神，說了句：「謝謝。」

這時陳琳和唐書萱的注意力已經被新上的菜吸引。

正好她也沒有想要繼續說下去，於是趁機略過這個話題說：「吃飯吧。」

吃飯之前，她把餐桌上的菜拍下來，傳給遲曜，並配文：『別太羨慕爹。』

遲曜應該還在路上，回得很快。

『能下地了？』

林折夏回覆：『不疼了，能走路。』

她繼續打字：『而且你不要說的我好像真的殘障了一樣。』

遲曜去隔壁市之後，兩個人的聯絡就只能依靠網路。

但隔著網路她也能基本了解遲曜的動向，知道學校幫他們租了飯店，知道他們要集訓，所以待三天。

遲曜傳來飯店照片後，林折夏用訊息和他聊天：『你們這飯店好大，好羨慕，我這輩子還沒住過這麼大的飯店。』

遲狗：『過了，收斂一下。』

林折夏：『噢，我就是想給你一點面子。』

遲狗：『不需要。』

過了一下，她又去戳戳他：『你在幹嘛？』

遲狗：『（照片）。』

遲狗：『寫題。』

以前遲曜也會跟她說這些，但當時她只顧著和他鬥嘴，並不是很注重內容。

不像現在。

很奇怪的，她居然對著遲曜傳來的照片看了很久。

照片角落裡，拍到了遲曜搭在試卷上的手。

她不得不承認，時刻知道他所有動態這件事，讓她覺得很高興。

飯店內。

「本來借了間教室的，」帶隊老師在房間裡一邊指導他們集訓一邊說：「但是中間溝通有問題，我們就先在飯店裡湊合下，我們一個隊六個人，兩張桌子也夠用了。」

遲曜和徐庭坐在一起。

他一隻手捏著筆，面前攤著張試卷。

試卷旁邊明目張膽地放著一個手機。

徐庭：「我佩服你，還能回訊息。」

遲曜回完訊息：「你沒手機嗎。」

徐庭：「沒人傳訊息給我啊。」

遲曜沒理他。

徐庭隨口開玩笑：「你們真是哥倆好——能不能讓夏哥也傳點訊息給我，我手機沒動靜容易生鏽。」

這次遲曜有反應了，他單手把徐庭的試卷從他手裡連試卷帶筆抽走，然後往對面拍。

「換個位子，」遲曜說：「你坐去對面。」

徐庭：「……」

一整天的集訓很快過去。

入夜後，集訓成員各自回房間休息。

帶隊老師叮囑：「都早點睡啊，別熬夜，養精蓄銳。」

回房間後，遲曜洗了澡，只不過他洗完澡之後沒有上床。

單人套房裡很安靜，窗戶外已經是漆黑一片，他屈著腿坐在靠窗的那把椅子上，手裡仍捏著支筆，偶爾會把紙墊在膝蓋上寫寫劃劃。

但更多時候，他只是單純拎著筆對著窗外發呆。

黑色水性筆在指尖隨意轉著，時間流逝，牆上時鐘也隨之轉動。

時針很快轉過三點。

凌晨三點。

林折夏被特地調的鬧鐘吵醒。

她還半夢半醒著，就撈過床邊的手機，意識不清地找到那個熟悉的貓貓頭。

『你睡了嗎？』

她傳完之後很想努力睜開眼睛，在一片短暫的迷濛裡，看到聊天畫面上那行「對方正在輸入中」閃了一下。

真的是閃、了、一、下。

對面看起來像是下意識不小心點進來想回覆她。

但是立刻反應過來，然後就開始裝不在。

一直到早上八點，對方才像是掐著時間似的回了她一句：『剛醒。』

林折夏對著這句「剛醒」看了很久。

她有點生氣，但更多的，還是一種名叫在意的情緒。

在意他晚上又不睡覺這件事。

在意他怕她擔心所以還故意裝睡不回訊息。

在意他……會不會影響後天的競賽。

而且還是物理，是對他來說很重要的一場比賽。

林折夏忽然之間渾身上下像是被灌滿了一種名叫勇氣和衝動的東西，她打開出行軟體看去隔壁市的車票。

這裡去海城市一千五百多公里。

高鐵六個多小時。

最近的班次是下午三點。

『夏夏，』下午，林荷放心不下，每天都要打電話給她，『妳在家裡怎麼樣？』

林折夏說：「媽，我挺好的。」

林荷：『妳那邊怎麼那麼吵，妳在哪呢？』

林折夏隻身站在人潮擁擠的高鐵站，周圍人來人往，顯示車次的螢幕不停閃動：

「我……我和同學在外面玩呢。」

林荷：『同學？』

林折夏擔心高鐵站的播報會暴露她的位置，不敢和林荷多說：「對的，我這太吵了，不方便接電話，等等我傳訊息給妳吧。就這樣，我先掛了。」

林折夏手忙腳亂地掛斷電話。

然後她拿著手裡那張從漣雲市去海城市的車票，對著閃動的車次螢幕尋找入口的位置。

林荷平時對她的管束很嚴，所以這是她第一次一個人出遠門。

一個人去一千多公里外的地方。

海城市是北方沿海城市，一個和漣雲市完全不同的地方。

但她只要想到一千多公里外的那個人是遲曜，就一點都不覺得害怕。

事後回憶起來，那天在車上的時間似乎很短暫，又好像很漫長，車窗外的景色不停變換，離開江南水鄉，經歷大片農地和山脈，輾轉在數個不同的城市之間停靠。

最後她從高鐵站人流裡擠出來，站在海城市高鐵站出口，看著這個陌生的城市，才後知後覺感到有點不知所措。

遲曜之前傳過飯店照片給她，但她並不清楚具體位置。

這時已經是晚上九點多。

天空一片昏暗，周圍人說話的口音也讓人感到陌生。

有人看她在出口站著，出聲和她搭話，但說的話是地方方言，她沒聽懂。

林折夏誰都沒理。

在出口找了個角落蹲著，打一通電話給遲曜。

「遲曜。」

電話接通後，她問：「你睡了嗎？」

電話另一端，遲曜坐在靠窗的椅子上，看了根本沒有使用痕跡的床一眼，說：『正要睡。』

林折夏心說信你個鬼。

她沒有堅持這個話題，忽然說：「你相信世界上有魔法嗎。」

電話對面沉默了一下。

他似乎是在這短暫的幾秒間，聽見了一些嘈雜的聲音。

『這麼晚不回家，妳現在在哪？』

林折夏沒回答他這句話，自顧自接著說：「我會魔法。你傳個分享位置給我，我就能到你身邊。」

電話對面，少年的聲調變了。

遲曜說話時音調下壓，重複問了一遍：『妳在哪？』

林折夏一秒反應過來遲曜有點生氣。

或者說是著急。

林折夏不敢再繼續開玩笑，老老實實說：「我現在在海城市。」

「海城市高鐵站二號出口，旁邊的，柱子旁邊。」

第十二章　哄睡

林折夏在高鐵站等了大約半小時。

她找了家麵館坐著，雖然現在已經有點晚了，但是高鐵站這種人流量多的地方安全性還算高。

她吃完麵，正捧著玻璃杯喝水的時候，麵館那扇玻璃門被人推開——

北方和南方天氣不同，晝夜溫差大，開門的瞬間有股涼氣從門口捲進來。

進來的人個子很高，身上穿了件單薄的休閒衣，手裡還拎著件黑色外套，眉眼像是被人用畫筆描繪過，站在人群裡異常顯眼。

他在門口沒站多久，一眼就掃到了他要找的人。

林折夏放下水杯，看著走到她面前的遲曜，在遲曜坐下之前搶先說：「不好意思，這位子有人了。」

遲曜的手搭在椅背上，掃了她一眼。

「？」

畢竟她今天誰都沒通知，就自己一個人跑過來，林折夏怕他生氣，臨時演起小劇場緩和氣氛：「這個位子，我要留給一個姓遲名曜的大帥哥。」

「是嗎，」遲曜語調沒什麼起伏的問，「他有多帥？」

林折夏：「他是我見過最帥的人，我從出生到現在，就沒有再見過比他更帥的人了。」

遲曜眉眼有些鬆動。

林折夏乘勝追擊：「他不光帥，而且還很聰明，很有才華，除了人品有點問題以外，可以說得上是完美。」

遲曜把椅子拽出來，直接坐下：「忘了說，我人品也不怎麼好，就喜歡搶別人位子坐。」

「……」

「妳長得挺面生，」遲曜接著她的劇本演，「不像在地人，哪裡的？」

林折夏也很配合：「我漣雲人。」

「來這幹什麼？」

「來旅遊。」

遲曜語氣有點涼：「一個人來旅遊？」

「是的，鍛鍊自己，」林折夏一本正經地說：「人總要自己學著長大。」

遲曜冷笑：「那妳自己在這待著吧，我不阻礙妳長大，我先走了。」

說完，遲曜作勢要走。

林折夏怕他真走了，起身去拽他的衣服：「不是，就在我出來的這幾個小時裡，生活已經狠狠磨去了我的稜角——我現在醒悟了。」

遲曜以一種勉強給點面子的姿態坐回來：「講講。」

林折夏臨場發揮：「第一，我不該一個人過來，這樣很不安全。第二，我應該提前通知你，第三……我想不到了，差不多得了吧。」

遲曜：「手機拿出來。」

林折夏把手機遞過去。

遲曜下巴微揚，林折夏秒懂，把手機解了鎖。

遲曜點開聯絡人，找到林荷的電話號碼，然後把手機遞還給她。

「第三，打通電話給荷姨。」

林折夏打了通電話給林荷，告知她自己現在在海城市。

林荷差點以為自己在夢裡：『妳在海城市？妳去那幹什麼，遲曜在妳旁邊嗎，妳讓他聽電話。』

人都已經去了，再讓她馬上回去也不現實，而且現在太晚了。

林折夏像個離家出走被抓包的小孩，跟在遲曜身後等計程車。

她聽見遲曜對著電話「嗯」了幾聲，然後計程車來了，遲曜拉開車門示意她上車。

上車後，她忍不住問：「我媽剛才跟你說什麼？」

遲曜：「讓妳注意安全，跟著我，別亂跑。」

林折夏抓住重點：「所以她沒讓我明天一早立刻回去？」

遲曜「嗯」了一聲。

「那我可以在這待一天，」她盤算著，「然後跟你一起走。」

說完她覺得這話聽起來好像她很想跟著他。

甚至，可能會讓人懷疑她就是為了他過來的。

於是林折夏又飛快地補了句：「我本來是想明天就回去的，沒打算出來那麼久，我就是突然想過來看看海。」

遲曜說：「妳也知道突然。」

林折夏：「畢竟我沒見識，這輩子還沒見過海，你體諒一下。」

「……」

這座城市的夜晚很安靜，車停下時，偶爾能聽見海水拍打海岸的聲音。

林折夏在車裡偷偷打量遲曜的狀態。

他腿長，坐在車裡都感覺擠得有些勉強。

身上那件黑色休閒衣很寬大，襯得他膚色更白了，眼睛底下有很不明顯的陰影，平時眼皮半垂著，透露出些許旁人很難察覺的疲憊。這時正在低著頭回訊息。

回去的車程好像總是更快些，差不多二十分鐘他們就到達目的地了。

那家昨天還只是出現在她和遲曜聊天紀錄裡的飯店，今天卻出現在了她面前。

林折夏在飯店大廳等待遲曜幫她辦理入住的時候，才覺得有種不真實感。

「還有間空房，」遲曜說：「這是房卡，我送妳上去。」

林折夏接過房卡，問：「你住哪間啊？」

遲曜按下電梯：「八〇二，妳斜對面。」

林折夏在心裡默念了一遍「八〇二」這串數字。

兩人坐電梯上去，遲曜又問：「妳帶衣服了嗎？」

他問完，又掃了她一眼：「算了，當我沒問。」

林折夏完全憑著衝動買的票，她背了一個很小的包包，用來裝手機和身分證。

這個小包包，怎麼看也不像能裝衣服的樣子。

她問：「附近有商場什麼的嗎，我可以自己過去買。」

遲曜：「這個時間商場關門了。」

「……」

「那……」

林折夏「那」了半天，直到電梯到達指定樓層，都還沒那出後半句。

遲曜出電梯後，站在電梯口垂著眼看她：「那妳只能，穿我的了。」

「………」

穿、誰、的？？？

林折夏舌頭瞬間打結：「我覺得，那個，好像，不太……」不太好。

貼身的衣服跟外套不一樣。

雖然小時候她搶過他褲子穿，但現在他們都高二了。

而且如果是之前，她說不定還會覺得沒什麼。

可偏偏是現在，她開始對遲曜產生很多莫名情緒的現在。

「新的，」遲曜說：「買來沒穿過，就洗過一次。妳先穿，明天等衣服乾了再換回來。」

末了，他又說：「林折夏，妳在想什麼？」

林折夏有點尷尬，她低下頭，刷房卡進門：「我什麼都沒想，我就是有點……嫌棄你。」

她又補上一句，「是新的就好，不然我真的會很嫌棄。」

飯店房間是單人房，設施齊全，甚至還有電腦桌。

她洗過澡，吹完頭髮，換上了遲曜給她的那件T恤。

她忽略那點不自在，不斷告訴自己：是新的是新的是新的，他沒穿過，所以這件衣服沒什麼特別的。

折騰到現在，居然已經快十二點了。

林折夏趴在床上傳訊息給林荷，跟她彙報自己已經安全到飯店，然後她手指頓了頓，又回到和遲曜的聊天畫面裡。

她和遲曜的聊天紀錄停留在高鐵站那通語音通話上。

再往上滑，是那句「剛醒」。

十分鐘後，她按下八〇二房間的門鈴。

遲曜開門的時候，門才剛開了一道縫，就聽到門外傳來熟悉的聲音，女孩子聲音清脆又帶著點軟：「突擊檢查。」

「林少過來巡視，看看哪個不聽話的人沒睡覺。」

門外的女孩子披著頭髮，可能因為髮質細軟的原因，髮色天生偏淺一些。眼睛清凌凌的，眼尾略微有些上挑，五官長開後褪去稚嫩，顯出幾分明媚的少女感。

只是個子還是不算高。他的衣服對她來說太大了，穿在她身上長度幾乎快到膝蓋，完全可以當連身裙穿。

遲曜別開眼，不再看她：「妳這麼巡視，睡著了都被妳吵醒。」

林折夏進屋看了他的床一眼：「你被子真整齊，一看就根本沒睡過，我應該沒吵醒你。」

遲曜：「正要睡。」

「那你睡，」林折夏在旁邊的椅子上盤腿坐下，眼睛盯著他，「你睡著了我再走。」

「……」

遲曜掀起眼皮，覺得她這個話聽起來著實離譜：「妳又哪根筋不對？」

林折夏：「我剛剛在麵館吃太飽，撐的。」

「……」

遲曜難得有說不過她的一天。

他不想她在這繼續跟他耗下去，於是隨口說：「妳走了我就睡。」

或許是現在時間已經太晚了，奔波一天，林折夏也有點頭昏腦脹的，所以她下意識把心裡想的話說了出來：「你騙人。等我走了，你不會睡覺的。」

「……」

氣氛在剎那間變得更安靜了。

類似某樣東西被說破後，突然陷入戛然無聲的狀態。

遲曜喉結動了動，看著她，聲音有些緩慢：「妳怎麼知道，我不會睡覺。」

話都已經說到這裡了。

林折夏坦白：「你以前有次，來我家睡覺的時候。我發現你比賽前好像會失眠。」

「還有昨天，凌晨三點我傳訊息給你也是故意的，我想看你睡了沒，你差點回我。雖然你只輸入了一秒，我還是看到了。」

林折夏把想說的話說出來之後，有點不安地改了個坐姿，她蜷起腿，雙手環繞住膝蓋：「不過你不要想太多，我會過來主要還是因為我一個人在家裡太無聊了，而且我是真的想來看海。」

——不是為了你。

起碼，不能讓他知道是為了他。

雖然她自己也不知道為什麼不能表露，但心底的那個聲音是這樣告訴她的。

「順便，來監督一下你。」她強調：「非常順便，極其順便的那種。」

她不太會安慰人，而且她畢竟不處在遲曜的位置上，並不懂那些無法消化的壓力，但她想了想，又說：「而且比賽嘛，也不是非要拿名次的。」

女孩子說話時眼睛亮亮的：「就算你沒有拿到名次，你在我心裡也還是最厲害的那個。」

遲曜看著她，一時間沒有說話。

昨天一整晚沒睡，他直到出門前都不覺得睏，他只是覺得很累。

某根不能鬆下來的弦一直繃著，耳邊會有很多聲音不斷環繞。

——你肯定沒問題，我一點都不擔心。這次隊伍裡六個人，老師對你最有信心。

——哦，競賽啊，你應該沒什麼問題吧。我跟你爸還有點事，先掛了啊。

——第一名嘛，幫你預訂了。我徐庭就拿個第二就行。

甚至再往前，更早的時候。

——你一個人在醫院，沒什麼事吧？

——你身體不好，肯定不行，我們不想帶你。

——他整天生病。

以前總是被人覺得「不行」，所以他格外要強，把整個人包裹起來，不肯低頭不肯示弱，一副刀槍不入的樣子，直到後來所有人都開始默認「你肯定行」。

他一直到十七歲，似乎沒有人對他說過「不行也可以」。

以及，就算不行，你也是最厲害的。

但是在高鐵站，在林折夏意外出現的那一刻，那根弦似乎開始鬆動。

然後再轉到現在，那根弦彷彿被人很輕地碰了一下。

很輕很輕的一下，卻徹底鬆了下來。

遲曜感覺自己喉嚨有點乾，一些艱難地、從來沒有說出口的話漸漸控制不住從心底湧上來。

但他和林折夏之間，不需要說那麼多，一些話彷彿能在無聲中傳遞給對方。

所以他最終還是把那些話壓了下去。

他在床邊坐下，手撐著飯店柔軟的純白色被子，所有先前強壓下的困倦泛上來，他尾音拖長了點，說話時又看向她：「所以，妳打算怎麼哄我睡覺？」

怎麼哄。

「……」

林折夏坐在靠窗的椅子上，在聽到這句話的瞬間，大腦暫時停止了運轉。

好半天，她才找回自己的聲音：「你自己不會睡覺嗎，你長這麼大連睡覺都不會？」

「怎麼辦？」遲曜說：「今天睡不著，所以不太會。」

林折夏覺得現在的氣氛比剛才還要奇怪。

北方的夏天應該比較涼快才對，她現在卻覺得有點熱。

「要不然你躺下，自己努努力。」

她頓了頓又說：「或者這樣吧，我幫你放首助眠BGM，這樣你躺在床上，閉上眼，房間裡還有尊貴的配樂，對你應該會有幫助。」

「……」

遲曜被她這兩個餿主意弄笑了。

少年極不明顯地微扯嘴角笑了下：「妳就這麼哄的？」

林折夏沉默了一下：「那，我數鴨子給你聽？」

遲曜沒有再對她的提議做任何評價，他難得表現出聽話的一面，他伸手按了下床頭櫃旁邊的開關，房間裡的燈滅了，只剩下微弱的從窗外照進來的光線。

然後林折夏聽見一陣窸窸窣窣的動靜。

是遲曜掀開被子上了床。

黑暗很好地隱匿了彼此之間的情緒。

就在林折夏清清嗓子準備念「一隻鴨子」的時候，床上那人出聲道：「不想聽鴨子，數點別的。」

「那你想聽什麼？」林折夏想了想，「數羊？數……」

她的例子還沒舉下去，被人打斷：「數兔子。」

「……」

「為什麼要數兔子，」林折夏掙扎，「數羊不好嗎？」

然而對面的態度斬釘截鐵：「妳說呢？」

「數羊哪裡不好了。」

這次對面「嘖」了一聲：「這就是妳哄睡的態度？」

不是她不想念，只是提到兔子，她就想到小兔子夏夏。

還有抓娃娃那天，她和他一起抓到的幸運娃娃。

兔子這個詞，因為這些兩人之間的共同經歷而變得特別起來。

特別到，她念出來心跳都會下意識漏一拍：「好吧，數兔子就數兔子。一隻兔子。」

「兩隻兔子。」

「三隻兔子。」

女孩子聲音刻意放低，怕驚擾他睡覺，輕軟地往下念著。

「十九隻兔子。」

「二十隻兔子⋯⋯」

遲曜側躺著，半張臉陷進棉花似的枕頭裡，頭髮凌亂地散著。

透過微弱光線，只能窺見一點削瘦的下巴，往下是線條流暢的脖頸。

他聽著這個聲音，睡意漸漸襲來。

他明明沒睡著，卻好像陷進了夢裡。

他彷彿聽見另一個和現在極相似的聲音，穿越漫長的時空忽然再度在耳邊響起。

——「如果我暫時還沒有夢想的話，守護別人的夢想算不算夢想？」

那時候的林折夏，聲線還很稚嫩。

她為了作文而犯愁，趴在桌上，在計算紙上畫了一堆奇形怪狀的人，還幫它們排了編號。

那時候的他正要不屑地說「這算什麼夢想」，但這句話還沒說出口，趴著的人忽然坐起身，轉頭看向他：「那我的夢想，就寫守護你的夢想吧。」

午後陽光很耀眼。

也點亮了她的眼睛：「反正我現在也沒有夢想，我希望你能完成你的夢想，這就是我的夢想啦。」

林折夏念了大概十幾分鐘，聽見遲曜放緩的呼吸聲，猜測他應該是睡著了，於是停下來試探性地叫了他的名字一聲：「遲曜？」

叫完，她等了一下，又開口：「遲曜是狗。」

「不對，遲曜狗都不如。」

這兩句話說完，呼吸聲依舊平緩。

「真的睡著了啊，」林折夏小聲說：「明明就很累，還撐著不睡。」

她點了下手機螢幕，看到上面顯示的時間已經是十二點半。

確認遲曜睡著後，她躡手躡腳地從椅子上起來，走到門口，盡可能放慢動作打開門，站在門口，她又小聲補了一句：「希望你明天比賽順利。」

林折夏關注過老徐分享的文章，裡面有比賽日程表。

睡前她確認了一遍比賽入場時間，然後往前推算，調了一個比較穩妥的鬧鐘。

她怕遲曜明天萬一起不來，她得早點過去叫他。

遲曜這一覺睡得很沉，林折夏打第三通電話的時候他才醒。

「叫醒服務，」第二天早上八點多，林折夏在電話裡喊，「你該起床了。」

遲曜那邊的聲音很雜亂。

她聽到一陣窸窸窣窣且很柔軟的聲音，聽起來像是少年不想起來，又把臉埋進枕頭更深處的聲音。

果然，下一秒遲曜的聲音又啞又悶：『幾點了？』

「八點十五。」

『掛了，八點二十再叫我。』

「……」

林折夏覺得好笑：「你怎麼還賴床呢。」

「那你再睡五分鐘，」她最後說：「五分鐘後我去敲門。」

五分鐘後，遲曜頂著凌亂的頭髮幫她開門，整個人懶倦地、沒睡醒的感覺，林折夏平時週末去他家的時候也經常見他這副樣子，但是現在獨處一室，或許是地點太陌生，她難得有種拘束感。

她移開眼：「你們早餐通常是在飯店裡吃，還是叫外送啊？」

遲曜看起來像個有起床氣的人，但還是對她的問題有問必答，拉開洗手間的門說：

「外送。」

林折夏「哦」了一聲：「那我打開外送軟體看看。」

她逛了一圈後，直接下了個訂單。

和遲曜知道她的口味一樣，遲曜這個人吃什麼不吃什麼，她也不需要問。

哪怕這個人的口味其實很挑剔。

下完訂單，洗手間的水聲也停了。

遲曜洗漱完拉開門走出來，頭髮被水打濕了些，蹲下身翻行李箱，又對她說了兩個字：「出去。」

「？」

「我剛訂完，你就趕人，」林折夏控訴，「你這人怎麼過河拆橋。」

遲曜手裡拎著套校服，不冷不熱地說：「我要換衣服。」

過了一下，他又補上一句：「妳非要在這看，也行。」

「……」

誰要看啊。

林折夏從椅子上站起來：「我出去了。」

林折夏出去之後回了房間，順便等外送送到再拎著外送過去，只不過這次她推開門進去的時候，聽見房裡似乎多了個人，那個人上來就是一句「我靠」。

徐庭驚訝地看著她：「林少？」

「……」

林折夏把外送放下：「看到我，驚訝嗎。」

徐庭：「很驚訝，妳怎麼在這？」

在除了遲曜以外的人面前，林折夏基本上都可以保持淡定：「哦，我最近念書壓力太大，有點想不開，特地來海城市準備跳海。」

徐庭：「……？？？」

林折夏：「但是在最後一刻，想活下去的念頭戰勝了跳海的念頭，我覺得人生還是很美好的，我應該繼續堅強地活下去。」

這番話衝擊力太大，徐庭小心翼翼地說：「看不出來妳……壓力這麼大。」

林折夏掃他一眼：「你信了？你這個智商，參加今天的競賽真的沒問題嗎？」

徐庭：「…………」

林少這個人，有時候怎麼和遲曜如出一轍的氣人？

徐庭轉移話題：「你們都點好外送了？我也想吃。」

遲曜也掃他一眼，和林折夏掃他時的眼神幾乎一樣：「你沒手機嗎？」

「……」

「我走了，」徐庭起身，「告辭，你們不愧是青梅竹馬，一致對外的時候殺傷力翻倍。這個房間我是一刻也待不下去了。」

吃完飯，等到集合的時間，競賽隊就要在樓下大廳集合。

參加隊伍得提前一小時坐車去競賽場地。

從買車票到現在，林折夏都覺得這一天過得很魔幻。

她回到房間，把落在桌上的身分證裝進包包裡，摸到包裡還有個被她遺忘了的東西。

紅繩，福袋。

林折夏愣了一下，才想起來自己忘了把求來的幸運符給他。

她看了眼時間，離集合只剩不到兩分鐘，她把福袋攥在手掌心裡，想也不想就往外跑。

穿過飯店長長的迴廊。

穿過迴廊上三三兩兩的路人。

她不知道自己能不能趕上，但此刻她沒有其他念頭，滿腦子想的都是：趕在集合前，找到他。

她沒有時間等電梯，直接推開祕密通道的門，從八樓往下跑。

一路跑到一樓，站在祕密通道口，剛好看到城安的競賽隊伍從電梯走出來。

老劉帶隊，他一邊帶著身後的隊員往前走，一邊叮囑說：「等等不要緊張啊，正常發揮就行——我們這次主要的對手，還是漣雲一中。」

一隊六個人，穿的都是城安的校服。

遲曜走在最後。

少年校服外面披了件外套，黑色防風外套衣擺垂到手腕位置，可能是昨晚睡覺的原因，頭髮還是略顯凌亂，徐庭走在他前面時不時和他說話，他愛理不理地偶爾賞給他幾個字。

林折夏現在的位置離大廳更近，競賽隊伍穿過長廊需要經過她所在的祕密通道，她後背貼著牆，把自己隱藏起來，並不想在這麼多人面前公然把遲曜攔下來。

腳步聲和老劉的聲音越來越近了——

「不過只要準備充分，漣雲一中也不足為懼。」

人一個接一個地經過。

林折夏躲在門後，在那個穿著黑色防風外套的身影出現的那一秒，果斷伸出手，去拽遲曜的手腕。

遲曜感覺到有股力量在扯著他，他腳步微頓，側了側頭，看到從祕密通道門後伸出來的纖細白淨的手。

知道是誰後，他沒有掙扎，近乎順從地任由她把自己拽進去。

老劉還在慷慨激昂地說著話，沒有人發現隊伍末尾少了一個人：「我相信你們，你們也要相信自己！」

門後隱蔽又狹小的角落裡，林折夏和遲曜四目相對，她這才發現兩個人的距離很近。

「那個，」林折夏想後退，可後背已經是牆，於是她只能抬起手，把手裡的福袋舉起來，也藉此隔開兩人之間的距離，「我有東西忘記給你了。」

一個很小的福袋，連同女孩子拎著福袋的手一起撞進他眼底。

「你來的那天我和陳琳她們出去玩，順道幫你求的，聽說很靈驗，能帶給人好運。」

林折夏知道以遲曜的性格可能會嘲她迷信，於是又說：「雖然以你的實力，應該也不需要，但是寧可信其有不可信其無嘛。要不然，你帶著看看有沒有用。」

然而遲曜沒說什麼，從她手裡把福袋接了過去。

那個紅彤彤的福袋在他手裡顯得更小了。

「知道了。」

他接過時說：「給妳個面子，勉強帶著試試。」

林折夏無語：「我謝謝你。」

遲曜還是那副欠揍的語氣：「不客氣。」

說完，氣氛又安靜下來。

由於距離過近和逼仄狹小空間帶來的異樣感又再次席捲她。

很快她發現這種異樣感，可能還源於自己面前的這個人。

這人太高，周遭氣息像是會把人裹住似的，垂著眼看她的時候有股無形的壓迫感——明明是她把人拉過來的，此刻卻有種她被人拽進來的感覺。

在林折夏承受不住想逃離之前，遲曜抬起手，拍了下她的腦袋。

「託某個膽小鬼的福，昨晚睡了個好覺，」那隻手輕輕搭在她頭頂的時候說：「今天拿個第一應該沒什麼問題。」

飯店大廳裡，臨出發前，老劉清點人數，這才發現少一個。

「遲曜呢？」

正要嚷嚷，遲曜從後面走了出來。

他站到隊伍裡，隨口說：「剛剛接了通電話。」

老劉：「啊接電話啊，那沒事，我還以為你不見了，嚇我一跳。」

倒是徐庭站在他旁邊，覺得他有點不對：「誰的電話？」

遲曜：「一個朋友。」

徐庭又說：「怎麼感覺你接完回來，心情都變好了點。」

遲曜看他一眼，不置可否：「有嗎。」

徐庭跟他相處這一年多，對他還算了解：「有啊，正常情況下，我剛剛問你『誰的電話』，你不會回我『一個朋友』，你他媽什麼時候對我這麼有問必答過。」

徐庭作為長期受害者，熟練得令人心疼：「正常情況下，你通常會回『跟你有關係嗎』。」

「或者『不關你的事』，再或者，『少廢話』。」

「……」

徐庭：「雖然你語氣還是那麼冷淡，但你剛才居然回答我了，你說一個朋友——」

遲曜煩不勝煩，從根源上堵住他的話：「那我再重新回答一次。」

徐庭：「？」

遲曜：「不關你的事。」

徐庭：「……」

林折夏回到飯店房間。

她躺在床上補了個覺，等睡醒，發現昨晚晒的衣服也差不多乾了。

簡單收拾完後，她傳了則訊息給林荷：『遲曜去比賽了，我現在一個人在飯店，不用擔心我。』

林荷收到後轉了一筆錢給她，並附言：『在外面千萬注意安全。』

她回覆林荷：『謝謝媽媽。』

她覺得挺不好意思的。

偷偷跑出來，給那麼多人添了麻煩。

做完這些之後，她就開始切換新聞臺，想從電視上找找有沒有關於今天物理競賽的欄目。

她換了幾個臺，還真有一個地方臺在播競賽相關內容。

是一個叫「在地新鮮事」的節目，主持人拿著麥克風站在場館外：『今天來自各大城市的高校競賽團都在這裡齊聚一堂……我們可以看到，現場非常的熱鬧。那麼比賽已經開始了，為了給學生們一個更好的競賽環境，我們就不進去拍攝了，希望他們今天都能夠有出色的發揮。』

簡潔的播報到這裡就結束了。

林折夏對著電視機，出神地想：她大概是想太多了。

競賽怎麼可能會有電視轉播實況啊。

那種跟考試一樣的環境，需要安靜，肯定不會公然放媒體進去。

林折夏剛關掉電視，陳琳打來一通電話給她：『隔壁桌，那份英語試卷妳寫了嗎，我那張試卷印刷有問題，妳拍下妳的給我看看。』

林折夏：「啊，我現在不在家。等我明天回去拍給妳吧？」

「或者妳要是著急的話，妳再問問書萱。」

陳琳有點驚訝：『妳不家嗎？』

反正遲曜不在，林折夏把鍋甩給了他：「遲曜他比賽太緊張，半夜打電話給我哭著求我過來幫他加油助威，我正好想看海，就來海城市了。」

陳琳：『遲曜……半夜……哭著……』

陳琳想想那個畫面都覺得很驚悚：『算了，略過他。』

但提都提到了，怎麼也略不過去。

林折夏：「不知道他現在比賽怎麼樣了。」

陳琳：『已經開始了吧，再等等，過幾個小時就結束了，成績很快就會出來。妳留意一下個人頁面唄，這種比賽，我們學校那群老師一定第一時間分享。』

林折夏「嗯」了一聲。

陳琳又說：『對了他們一個競賽隊伍是六個人吧？我之前聽人說過，裡面有個女孩子，可厲害了。』

林折夏：「女孩子？」

陳琳：『叫什麼……沈珊珊？』

『對，我去翻了下老徐個人頁面，是叫這個名字。我們年級的分班制度妳也是知道的，參加競賽的全是一班那群人，但是只有她一個是二班的，聽說她物理特別好，所以很出名。』

陳琳也忍不住感慨：『這得是多努力啊，才能從二班擠進去。一班那群人全是魔鬼，成績好得嚇人，尤其是那個一中不去非要來二中的，半夜哭泣的遲某。』

「……」

她和陳琳聊了幾句，陳琳她媽在門外喊她，於是匆匆掛了電話。

林折夏一個人在飯店沒事幹，滑了一下影片就又睡著了。

等她一覺睡醒，已經是下午四點多。

這個時間……比賽應該差不多結束了吧。

她正要去戳遲曜的頭貼，對面先傳過來一句：『比完了。』

她剛想回覆，對面直接甩一通電話過來。

林折夏接起電話：「雖然你走的時候說話很囂張，但你如果不是第一，我也不會嘲笑你的。所以你們第幾？」

遲曜那邊的聲音有點嘈雜，他走了一段路，似乎是上了返程的巴士，離那片嘈雜遠了些。

半晌，他說：『第一。』

對面又說：『妳的幸運符，還算有點用處。』

明明不是她去比賽，但她卻透過這通電話，也間接感受到了比賽的喜悅。

林折夏心裡那塊石頭跟著放了下來，她語調輕快地說：「那也不看是誰親自去求的符，是城安二中第十屆演講比賽第一名。」

「……」

對面沉默了下。

然後熟悉的嘲諷透過聽筒傳了過來：『這個稱號，妳是打算帶進墳墓嗎。』

「我難得獲個獎，」林折夏坦蕩承認，「起碼得吹十年。等我以後大學畢業求職，還要往履歷裡寫。」

遲曜那邊又開始吵鬧起來。

上車的人多了，加上拿下團體第一，所有人情緒都異常激動。

林折夏甚至聽到徐庭在尖叫：『——我真厲害！我做到了！我就知道我徐庭是宇宙最強的！噢耶！』

「……」

然後還有人在聊「慶功宴」。

『老劉晚上安排聚餐，問你們都想吃點什麼？』

遲曜隨口問她：『妳想吃什麼？』

林折夏連連拒絕：「我又不是你們隊伍裡的，我去不合適，千萬別說我也在這，你們去吧，我就不……」

她話剛說到這，就聽見過度亢奮的徐庭喊了一句：『你在跟誰打電話，跟林少嗎？叫她一起來吃飯啊！大家都是同學，晚上一起吃點唄！』

老劉在徐庭旁邊，問了一嘴：『什麼林少？』

徐庭興奮地和老劉分享：『就是林折夏，七班的，她和遲曜從小一起長大，也來海城市了。』

林折夏：「……………」

徐庭，我跟你有仇嗎。

老劉身為年級組長，對整個年級裡都有哪些人還是很了解的，他整個人精神狀況也不比徐庭好到哪去，像是喝醉酒一樣：『哦，林折夏啊，她演講比賽發揮得不錯，叫上她一起來，大家都是城安二中的一分子，今天我請客，都別跟我客氣。』

這發言，頗有些「今天全場消費由劉公子買單」那味了。

徐庭鼓掌：『老劉大氣！就這麼說定了啊，林少，速來，大傢伙一起等妳。』

林折夏很窒息：「我……謝謝你，徐庭，我真的很謝謝你。」

聚餐的餐廳就在飯店附近。

林折夏去之前找了無數藉口：『我突然有點肚子疼。』

遲狗：『打一一九。』

林折夏：『好像不疼了，但我剛發現我鞋破了個洞，可能走不了路了。』

遲狗：『是嗎，拍張照片看看。』

林折夏：『……』

她要怎麼拍。

她現在把鞋子戳破嗎。

最後林折夏無奈地收拾了下東西，換上已經晒乾的衣服，硬著頭皮過去蹭老劉的飯。

她進門前就已經提前尷尬到頭皮發麻了，進去二話不說，還沒等老劉招待她，先對老劉鞠了一躬：「劉老師好！各位同學們好！」

老劉手裡端著茶杯，手僵了一下。

林折夏完全貫徹打不過就加入這個行為準則，她維持著鞠躬的姿勢悶頭繼續說：「恭喜你們拿下第一，城安二中做到了，恭喜城安榮獲佳績，再創輝煌！」

「……謝謝，不愧是演講比賽第一名，」老劉放下茶杯，「坐吧，林同學。」

林折夏這才直起身子，她掃過一圈陌生的臉，看到努力憋笑的徐庭和坐在那看著她的遲曜。

最丟臉的情況已經發生了。

後面的事情就顯得從容淡定起來。

她坐到遲曜旁邊的空位上，正打算用熱水燙下碗筷，旁邊的人淡淡地說：「燙過了。」

林折夏放下熱水壺：「喔。」

遲曜說完，又說：「妳鞋品質不錯。」

林折夏：「？」

遲曜：「破了還能自動復原，哪家店買的，給個網址。」

林折夏：「……」

她懶得理這人，全程悶頭吃飯，盡量不參與話題討論，降低存在感。

坐在她旁邊的是個女生，那女生倒是挺想和她聊天的，尤其在徐庭硬拉著遲曜出去陪他買東西之後，旁邊兩個位子空了，女生主動問她：「妳還要飲料嗎？我順便幫妳倒一杯吧。」

林折夏留意到自己杯子見了底，說：「啊，謝謝。」

說完，她抬頭看了那女生一眼。

長頭髮，五官清秀，挺溫婉的。

全場就她們兩個女生，林折夏一下就把她和白天陳琳說的那個人對上了。

倒完飲料，那女生自我介紹：「我叫沈珊珊，是二班的。」

林折夏心說果然是她：「我叫……」

她話還沒說完，沈珊珊笑著打斷她：「我知道，妳叫林折夏，是遲曜很好的朋友。」

遲曜很好的朋友。

林折夏張了張嘴，又發現這句話沒說錯。

人。」

「對，」她喝了口飲料，重複了一遍，「很好的朋友。」

沈珊珊撐著下巴，有點羨慕地說：「我剛才聽見你們聊天了，我還是第一次知道，遲曜也會開玩笑，也會說這樣的話。平時在班裡，很少見他這樣，有時候和他搭話他都不理人。」

林折夏心說這個人嘴可毒了，妳沒感受過是一種幸運。

她正想著，又忽然抓到某個重點：「班裡？妳不是二班的嗎。」

沈珊珊說：「我國中和他同個學校，一直都是同個班。」

國中，這是她不太熟悉的領域了。

林折夏沒說話，沈珊珊繼續說：「本來我以為他的成績肯定會去一中，而一中的分數線，是當時的我怎麼搆也搆不到的。當初我升學考的第一志願填的是一中，被我媽臭罵了一頓，才改二中。」

聽到這裡，林折夏隱約猜到她後面想說的話了。

果然，沈珊珊看著她，微微抿起嘴角，高興地說：「沒想到他也報了二中，開學那天，我開心了好久。」

「雖然因為成績差別，不能和他在同個班，但我知道他很喜歡物理，一定會參加物理競賽的。」

林折夏耳邊浮現陳琳說過的那幾句話。

——參加競賽的全是一班那群人，但是只有她一個是二班的，聽說她物理特別好。

——這得是多努力啊，才能從二班擠進去。

她可能知道，為什麼沈珊珊能從二班擠進去了。

彷彿為了印證她的預感，在老劉「啪」地一下把茶杯放下的同時，沈珊珊的聲音在包廂裡悄悄響起，用只有她們兩個能聽見的音量說：「我喜歡他，非常非常喜歡，而且喜歡他很久了。」

沈珊珊靠近的時候，林折夏隱約聞到一點很淡的酒味。

「妳喝酒了嗎？」她問。

沈珊珊用手比劃了下：「一點點。」

「一點點是多少，一杯？」

「三杯。」

「我偷偷喝的，」沈珊珊笑了下，「因為今天太開心了。」

難怪。

是因為喝了酒。

不然和一個剛見面的陌生同學說自己心底的祕密，是一件對雙方來說都有點冒犯的事情。

林折夏問：「那妳現在感覺怎麼樣，頭暈嗎，等等還能站起來走路嗎？」

沈珊珊：「不暈，我能的。」

林折夏指指天花板上的燈：「這裡有幾個燈泡？」

沈珊珊抬頭，數了半天：「五個。」

林折夏：「三個。」

「……」

沈珊珊抬起頭看燈泡後，被照得更暈了：「妳知道我為什麼喜歡他嗎。」

林折夏問：「為什麼？」

沈珊珊：「國中那時我跟著我爸來這裡，我爸媽離異了，故意沒告訴我，但其實我都知道，開學那天下雨，我摔了一跤，把新校服裙弄髒了。」

「明明知道他們離婚我也沒有哭過，但是那天只是因為那一跤，我突然間沒繃住。我像個傻子一樣站在校門口大哭。」

沈珊珊說到這裡，話音微頓：「那天，是遲曜遞了一件衣服給我。」

「很奇怪吧，後來我知道他是個性格很不好的人，可是那天他遞了一件衣服給我。」

不奇怪。

林折夏在心裡說。

遲曜是這樣的人，雖然平時有人想靠近，總是會被拒絕。

可如果真的遇上這種事，他也不會不管。

沈珊珊說到這裡，又開始難過起來：「我好像真的喝多了。」

她聲音低下去：「不然為什麼想到他，覺得又開心又難過。」

林折夏說不上來自己現在的感覺。

她一直都知道遲曜很出名，很多人都曾想要聯絡方式。

但因為這個人做事太狗，大部分女生都會態度大變：長得帥又怎麼了，狗都不想靠近。

她還是第一次遇到這種默默喜歡了遲曜很多年的女生。

而且這個女孩子，長得很溫柔。

課業成績很好，甚至為了遲曜擠進物理競賽，只是因為知道他一定會參加。

而且還默默陪在他身邊，和他一起拿下第一。

這些種種加在一起，讓她感受到了沈珊珊對遲曜這份「喜歡」的分量。

不是論壇裡輕飄飄的一句「他好帥」，也不是拿著手機靠近說句「能加個好友嗎」，甚至和那些偷偷張望的眼神都不一樣。

是一種能夠讓人為之動容的喜歡。

林折夏倒了杯水給她：「要不然，妳喝點熱水吧。」

沈珊珊接過：「謝謝。」

她接過後，又問：「可能我說這話會有點唐突，但妳知道……遲曜他喜歡什麼樣的女生嗎？」

林折夏：「……」

林折夏想了很久。

記憶裡沒有和這個問題相關的內容，但有一次，她和遲曜吵架，似乎提到過這個。

具體是為什麼吵架她已經不記得了。

她只記得自己在遲曜面前跳腳：「我以後要是找男朋友，我就找那種小麥色，有肌肉的，人還溫柔的男生。反正哪裡都要比你強。」

那時候的遲曜嗤了一聲，似乎是嗤笑她在白日做夢。

林折夏被嘲笑之後更生氣了：「你什麼意思，你是覺得我以後找不到男朋友嗎。」

她最後對沈珊珊說：「這個我也不清楚。」

沈珊珊：「他沒談過戀愛嗎？」

林折夏搖頭。

沈珊珊：「也沒有喜歡過的女生？」

林折夏繼續搖頭。

沈珊珊繼續問：「那……或許……他喜歡的……男生呢？」

林折夏啞然一瞬：「……他應該不會藏那麼深吧。」

沈珊珊也沉默了。

沉默過後，她又像鼓起了莫大的勇氣，說：「我再告訴妳一個祕密吧。」

「我可能要轉學了，我爸工作變動，我要跟著他去其他城市參加升學考。所以這次物理競賽，應該是我和他之間最後的交集。」

林折夏知道那句「又開心又難過」的意思了。

沈珊珊捧著水杯，又說出一句：「所以，我打算明天和他表白。」

與此同時，包廂門被拉開——

徐庭勾著遲曜的肩膀笑嘻嘻走進來。

少年身上像是沾著北方夜色裡的略微寒意似的，他一隻手裡拎著個便利商店塑膠袋，另一隻手抬起，把徐庭搭在他肩膀上的手毫不留情地掃下去。

徐庭：「不就讓你陪我出去一趟嗎，你能不能笑一笑，不知道的還以為我拽著你出去打架。」

遲曜還是那副你最好給我滾遠點的樣子：「你想挨揍就直說。」

徐庭：「……那我倒也沒那個意思。」

過了一下，遲曜又在她身邊坐下了。

林折夏被「表白」這個詞鎮住，連遲曜回來都沒發現。

直到一隻手從桌子下面伸過來，映入她眼簾。

少年骨骼細長的手裡捏著根棒棒糖。

「湊滿額，」遲曜說：「送的。」

林折夏接過，看到棒棒糖裹著淡黃色的外衣，還是檸檬味的。

林折夏：「謝謝你，把湊滿額送的東西施捨給我。」

遲曜：「不客氣。」

徐庭和遲曜回來之後老劉結帳，一行人沿著海走回飯店。

林折夏擔心沈珊珊走路會摔倒，在她旁邊跟了一下，不過很快發現她除了走得慢了點，沒有其他症狀。

林折夏走在隊伍後面，緩緩拆開剛剛遲曜給她的那根棒棒糖。

海風迎面吹過來。

林折夏咬著糖。

明明是糖，她卻沒嘗到甜味，只感覺這顆糖酸到發苦。

「行了，大家回房間，累一天了，早點睡。」

解散前，老劉大手一揮，說：「明天也不用急著起床，我們晚上回去，難得來一趟海城市，白天你們可以在這邊四下逛逛，來都來了，看看海再走。」

徐庭精神持續亢奮，鼓掌說：「好欸——！」

徐庭鼓完掌，看到叼著棒棒糖的林折夏：「林少，怎麼了，看起來不太開心？」

林折夏叼著糖，情緒沒理由地低落，半晌，她說：「不知道，可能太累了吧。」

說完，她先送沈珊珊回房間，然後才從包包裡掏出房卡。

一路默不作聲地低著頭往前走，走到房間門口要拿房卡開門的時候，門剛「滴」了一聲打開，身後伸出來一隻手，那隻手按著門把，又把門關上了。

「等等。」

遲曜的聲音從身後響起。

「？」

「轉過來。」那聲音又說。

林折夏慢吞吞轉過身。

她嘴裡的糖已經化了，只剩下根白色的細棍，說話的時候那根棍一抖一抖的：「幹嘛關我門。」

遲曜彎了點腰，伸手探了下她的額頭。

然後又掃了她已經徹底結痂的膝蓋一眼。

「體溫正常，」遲曜收回手，「進去吧。」

林折夏反應過來因為剛才她說「太累」，遲曜擔心她在外面被海風吹了一路，穿太少可能會感冒。

「我很強壯的，」林折夏叼著細棍強調，「和某個人小時候，被風吹一下就進醫院可不一樣。」

遲曜這下沒剛才試探她體溫時的好脾氣了。

他直接伸手去拿她手裡的房卡，然後再把門刷開：「三秒鐘，從我眼前消失。」

「……」

第十三章　情侶合照

回房後，林折夏洗了澡，然後打了通電話給林荷。

『遲曜拿了第一呀，替媽媽恭喜他。』林荷在電話那頭說：『妳多向人家學學，別整天冒冒失失的，心思都不在念書上。』

林折夏：「妳誇他就誇他，不要順帶損我。」

林荷聊了兩句，轉移話題：『我和妳魏叔叔在大草原，這邊景色真好，我傳給妳的照片妳看到了嗎，下次帶妳來逛逛……』

林折夏聽著，「嗯」了好幾下。

掛斷電話後，她發現自己躺在床上睡不著了。

女生有點羞怯但又鼓起莫大勇氣說出口的那句話還在她耳邊盤旋——我打算明天和他表白。

在沈珊珊對她說這些話之前，她從來沒想過，遲曜有一天會和別人在一起這件事。

她把這句話挑出來，又在心裡念了一遍：遲曜，有一天，會和，別人在一起。

這個認知像一頭從來沒有闖進過她世界的無名怪獸，狠狠在她心上敲了一下。

她和遲曜在一起的時間太長了。

而且這麼漫長的時間裡，從來都沒有其他人。

這是她第一次覺得，他們之間可能要有其他人了。

可是她為什麼會難過。

為什麼會覺得，那麼難過。

一種喘不過氣，又悶又脹的難過。

林折夏這天晚上睡得很不好，第二天遲曜打電話給她問她下午去不去看海的時候，她腦袋昏沉地應了一聲。

「還有誰啊？」她反應慢半拍，才想起來問，「如果有老劉的話我就不去了，我有點怕他。」

遲曜：『妳怕什麼？』

林折夏：「因為他是教務主任，我這種七班的學生，心理上有壓力，你們這種一班的人是不會懂的。」

『……』

遲曜說了串名字。

說到最後，林折夏聽見他說了個「沈」字，然後卡了一下，才把人家的名字念順：

『沈珊珊。』

林折夏忍不住問：「你跟她很熟嗎？」

遲曜：『？』

林折夏：「……哦因為我聽說你們國中也是同學，就隨口問一下。」

說完，她又有點害怕聽到回答。

畢竟他們一起參加競賽，多多少少會比其他人稍微熟悉點吧。

「算了，你不用回答我了，」林折夏急匆匆地說：「我要起床，先掛了。」

老劉沒跟來海邊。

從飯店坐車出發去看海的只有他們幾個二中學生。

沈珊珊今天穿了一件白色的裙子，長髮披著，比昨天穿校服吃飯時的樣子吸睛很多。

這件裙子很適合她，顯得整個人更溫柔了。

她站在遲曜身邊，鼓起勇氣和他說了句什麼話。

遲曜也回了她一句。

兩個人站在一起，看起來很登對。

林折夏從小就被林荷說不像女生。

也確確實實在男孩子堆裡混了許多年，在這種穿白色裙子的溫柔女孩面前，感覺到一些拘謹。

她看了自己身上那件男女同款的T恤一眼，還有一件穿起來十分舒適的褲子。

然後猝不及防地，被徐庭從身後嗆了一下：「林少怎麼不走了。」

林折夏脫口而出一句：「你管我。」

徐庭倒是愣了下：「今天脾氣那麼衝呢。」

林折夏很快調整過來：「我就想放慢腳步，好好感受一下海風。我覺得像現在這種快節奏的生活，讓人走得太快了，這樣不好。」

「走個路，妳感悟還挺多。」

「人就是要善於思考。」

徐庭：「說得對，要多感受生活。別像那兩個似的。」

徐庭說「那兩個」的時候，指了指前面的遲曜和沈珊珊：「都來海邊了，還在聊昨天的物理題。」

林折夏小聲說：「……原來他們在聊物理題。」

徐庭沒聽清：「什麼？」

「我說，」林折夏提高了聲音，「人家確實是比你好學。」

「得了吧，那叫自我折磨。」

徐庭的宗旨向來是寓教於樂，「我才不要在比賽結束之後，繼續鑽研物理呢，該放鬆的時候就是要放鬆點。」

「對了，」徐庭又轉移話題，「等等到了海邊，我們先離他們遠一點。」

林折夏：「？」

徐庭：「具體的我也不清楚，但是沈珊珊說她有話想單獨和遲曜說，反正她是這樣拜託我的。」

「會不會是表白啊，」徐庭猜測，「沈珊珊看起來挺喜歡遲曜的，而且有話需要單獨說，嘖，除了表白什麼話需要單獨啊——」

林折夏知道沈珊珊今天會和遲曜表白。

但沒想過會選在海邊，也沒想過會是現在。

她以為會是在一個人更少，也更隱祕的地方。

她腦子裡亂亂的，沒有理會徐庭，徐庭倒是把她當可以一起八卦的人，說個不停：「說起來我覺得他們還挺配的，而且都很喜歡物理，有共同語言很重要。」

「遲曜這個人身邊也沒幾個異性，就他那性格，就一個妳，不過妳應該算哥們，也不能算異性。反正，沈珊珊算是鳳毛麟角的異性之一了吧，起碼還在同一個競賽隊呢——哎，林少，妳怎麼突然走那麼快，等等我啊。」

林折夏：「你有點煩，影響我散步了。」

她不想聽徐庭說話。

如果手邊有毒藥的話，她甚至會毫不猶豫地選擇把他毒啞。

她走到海邊，自己找了個安靜的地方坐下後，腦子裡還是很亂。

她胡亂地想：沈珊珊去表白了嗎。

表白會……成功嗎。

沈珊珊昨晚都能打動她。

表白的時候，也會這樣打動遲曜嗎。

時間一分一秒地過去。

徐庭找了一圈才找到她，剛在她身邊坐下，就看到林折夏猛地站了起來，問他：「遲曜在哪？」

徐庭愣了下，指指對面：「應該和沈珊珊在那邊……吧。」

他嘴裡的「吧」字剛說出口，林折夏已經跑了出去。

這片海灘很長，而且分成好幾塊區域，現在又是小長假期間，海邊擠滿了遊客。

烈日照在波光粼粼的海面上，折射出過分耀眼的光芒。

林折夏穿過熙攘的人群，艱難地往對面海灘跑去。

她知道自己很衝動。

她甚至不知道自己在做什麼。

她知道自己無論如何也不應該去打擾遲曜和沈珊珊。

但直到這一刻，即使再遲鈍，再沒有經驗，她也終於不得不承認自己內心有一個最隱祕的，她一直不敢承認的念頭。

擋在她面前的遊客還是很多。

她有些焦急和慌亂，在人群裡不斷找尋遲曜的身影。

在這個瞬間，全世界彷彿被按下了靜音鍵。

海邊的風聲，人群的嘈雜聲，攤販的吆喝聲——這些都離她很遠。

只有那個來自心底的聲音變得越發清晰：她不希望遲曜和別人在一起。

林折夏穿過人流最密集的地方，來到偏僻無人的角落。

她在這裡找到遲曜的時候，沈珊珊已經不在他旁邊了。

海邊角落只剩穿黑色防風外套的少年一個人坐在海灘旁邊，他不適應人群，屈著腿兀自坐著，背影都透著股生疏的感覺。海水被風捲起，在礁石上發出「嘩啦」聲，遠處，剛剛退潮的海水即將又要漲潮。

遲曜聽見她的腳步聲，側了側頭，出聲問她：「妳怎麼回事？」

林折夏停下腳步，喘著氣，模樣很狼狽。

遲曜還是那個熟悉的語調：「腿好了嗎，就在海邊跑馬拉松。」

「……」

林折夏沒回答他的問題，反問：「你一個人坐在這嗎？」

遲曜不甚在意地說：「剛才還有一個。」

「那……她人呢。」

「我嫌吵，讓她換個地方看海。」

林折夏知道遲曜不會把沈珊珊的事情告訴她，畢竟一個女孩子鼓起勇氣來表白，不是可以私下拿去和人隨意談論的東西。

但她也立刻反應過來，遲曜沒有答應。

她彎著腰，站在距離遲曜不到五公尺的地方，心跳劇烈得快要喘不過氣。

她終於發現那天問過陳琳的問題，她其實早就有了答案。

確實不像陳琳說的那樣，不是因為長大，不是因為察覺到遲曜是個男孩子了。是因為喜歡。

因為過於熟悉，所以才在漫長歲月裡被忽視了的，悄然發生的，不自知的喜歡。

在禮堂演講時心跳加速不是因為緊張，曾經戴著圍巾時紅了耳朵也不是因為呼出的熱氣太過滾燙，運動會那天的反常也從來都不是因為天氣太過悶熱。

林折夏相信，還有無數個類似這樣的時刻，無數個曾被她忽略的時刻。

原來她一直都沒搞懂。

這就是喜歡。

世界在這一刻天旋地轉。

某一瞬間似乎轉回到幾天前香煙繚繞的寺廟，轉回那棵百年古樹下，轉回到那句旁人無意間提及過的話上。

——如果妳喜歡一個人，妳一定會發現的。

她對遲曜的心動，來得並不大張旗鼓，更像是漫長歲月裡一點一滴匯聚起來的海水，直到海水漲潮快要無聲將她淹沒，這才恍然發現。

海浪又拍打過來，將所有無聲的話吞沒。

半晌，林折夏說：「我腿好了，可以跑步了。」

她又補充，「我們這種膝蓋受傷，有幾天不能劇烈運動的人，養完傷之後就是喜歡跑步。」

遲曜語氣很涼：「那妳別坐我旁邊，再去跑幾圈。」

林折夏不管他說什麼，自顧自在他旁邊坐下，說：「……我休息一下再跑。」

然而即使她想掩飾，遲曜也總是能在第一時間發現她的不對勁。

遲曜：「妳今天不太對。」

林折夏：「哪不太對？」

遲曜：「不太正常。」

「……」

林折夏：「你才不正常。」

末了，她又斷斷續續地說：「我就是，第一次看海，太興奮了。」

「這好像是我們第一次一起看海。」

遲曜卻說：「第二次。」

林折夏：「上次是哪次？」

「妳十二歲那年，鬧著要看一部深海紀錄片。」

林折夏想了一下，想起來確實是有這一件事：「……這也能算是一起看海嗎。而且都過去那麼久了，你怎麼還記得。」

「因為三個小時，」遲曜冷笑一聲，「我如坐針氈。」

「……」

臨近傍晚，一行人回飯店收拾東西返程。

林折夏買了和他們同一班次的車票，收拾好東西退房的時候遇到了沈珊珊。

林折夏第一反應是尷尬，她在想要不要裝作不知道她昨天晚上說過的那些話。

沈珊珊倒是笑著和她打了聲招呼：「嗨。」

目前大廳裡只有她們兩個人下樓，於是兩人聊了起來。

沈珊珊：「謝謝妳。」

林折夏莫名：「謝我什麼？」

沈珊珊：「謝謝妳幫我保守祕密。」

「我昨天其實不該說那些的，」沈珊珊又說：「後來我回到房裡，也有點後悔。」

林折夏想了想，認真地說：「沒什麼的，妳昨天也沒說什麼，而且我這個人健忘，睡一覺起來就不太記得了。」

沈珊珊知道她是在安慰自己，兩人站在一起安靜了一下，她主動提及：「我昨天去表白了。」

林折夏沒想到她會主動說這件事：「啊。」

沈珊珊聳了聳肩，快速地說：「不過被拒絕了。」

「他說他升學考前不考慮談戀愛，也希望我能專心念書——很官腔的話吧。」

林折夏：「是挺官腔的。」

說完，她又不知道該說什麼了，半天憋出一句，「那個，妳別難過。」

沈珊珊看著她說：「我不難過，很奇怪，我還覺得有點輕鬆呢。」

「輕鬆？」

「嗯，」沈珊珊思索了一下，說：「可能是，本來也沒有想過能夠在一起吧，所以能在走之前把想說的話告訴他，就是這個故事最好的句點了。」

林折夏發現了遲曜當狗的好處。

那就是在拒絕別人的時候，居然沒有一個女生會感到傷心。

唐書萱沒有，送過水的女生沒有，沈珊珊也沒有。

沈珊珊說到這裡，林折夏也對她說了一句「謝謝」。

沈珊珊覺得奇怪：「妳謝我什麼。」

林折夏：「因為我突然發現了一件事，那件事如果不是妳的話，我可能很難發現。」

沈珊珊聽了還是覺得一頭霧水，但林折夏沒有多說。

「總之就是謝謝妳。」

說話間，其他人收拾好東西下來集合排隊了。

沈珊珊也不再執著：「好吧，那我們互相謝對方一次，也算扯平了。」

林折夏問：「妳這學期就要轉走嗎？」

沈珊珊看著從電梯口走出來的人群，「嗯」了一聲：「下週就要辦轉學手續了，應該……最遲下個月我就不在城安了吧。」

沈珊珊說話時看向人群裡那個最惹眼的少年。

像是在看他最後一眼一樣。

少年拖著行李箱散漫地走在最後，他行李箱上搭了件衣服。今天他很難得地戴上了耳釘，冷淡的銀色看起來更讓人難以靠近。

有一瞬間，她似乎又看到了國中開學那天的遲曜。

那個她從國中開始，就一直偷偷喜歡到現在的人。

沈珊珊很快收回那一眼，拖著行李箱跟著他們上車。

在上車前，她忽然想到昨天在海邊，她和遲曜表白的時候，她緊張到無法言語，閉著眼說出那句「我喜歡你」。

在海浪聲裡，遲曜先是說了句「謝謝」，然後在那一通官腔的拒絕之後，他又說了三個字：「而且我……」

只是這句話很快戛然而止，快得彷彿是她自己聽錯了一樣。

沈珊珊察覺出這是一句藏著很多情緒的話，因為遲曜說的時候語調和平時很不一樣，聲音也似乎有些暗澀。

於是她問：「什麼？」

然而遲曜沒再說下去：「沒什麼。」

「而且我」。

他後面，是想說什麼呢。

沈珊珊想了一下。

一群人坐車到高鐵站，急急忙忙檢票上車，在這匆忙的一路上，她很快把這個念頭從腦海裡拋了出去。

回去的高鐵依舊還是六個多小時。

林折夏是單獨買的票，座位離其他人都很遠，不在同一節車廂。

她正盯著窗外不斷移動的景色看，身邊突然響起一句：「不好意思，打擾一下，可以換個位子嗎。」

她轉頭，看到遲曜拿著車票站在走道。

他搭話的那個人是坐在她旁邊的女白領。

女白領臉有點紅：「你需要換位子嗎？」

遲曜一隻手拎著衣服，另一隻手伸著，兩根手指夾著車票，他夾著車票的手指在空氣裡晃了下，指了指她：「我妹妹一個人坐這，我不太放心，如果方便的話，跟您換個位子。」

他說「我妹妹」三個字的時候，林折夏瞪了一下眼。

林折夏：「誰是你妹妹……」

遲曜眉尾微挑：「妳說誰是。」

林折夏轉頭，對女白領說：「姐姐，他騙人，我不認識他。」

遲曜一句話把她堵死，他不冷不熱地說：「還跟哥哥鬧脾氣。」

林折夏：「……………」

這個人果然是狗。

遲曜這張臉擺在那，女白領想也沒想，起身要跟他換位子：「好呀，我跟你換吧，你離你妹妹近點。」

很快兩人換了位子。

林折夏別過頭，想裝不認識這個人。

但同時，她又有點期待：「你換過來幹什麼。」

遲曜：「徐庭太吵，影響我睡覺。」

林折夏又把那點期待壓下去：「哦。」

高鐵上空調溫度開得很低。

過了一下，遲曜又問：「妳冷嗎？」

林折夏手已經發涼了，手不自覺地抱著手臂，但還是倔強地說：「還好。」

她說完，遲曜把剛才拎著的那件衣服扔給了她。

「……」他闔上眼準備睡覺之前說：「……還好就拿著。」

林折夏抱著衣服，剛剛壓下去的心情，又忽然向上跳躍起來。

林折夏到家的時候，林荷和魏平已經旅遊回來了，兩人正在客廳整理帶回來的大草原特產。

林折夏私自跑去海城市的事，林荷和魏平消化了幾天，沒有之前那麼生氣了。

所以見到她的時候，魏平還心平氣和地喊她過來拿禮物：「夏夏，妳媽媽準備了禮物給妳。」

林折夏走過去，看到桌上有個很小的玻璃瓶：「是什麼？」

魏平：「草。」

「……」

林折夏拿著那個翠綠的玻璃瓶，心情很複雜：「我很感動，我有個去大草原，還不忘摘草帶回來給我的媽媽。」

但經過消化，不代表看到她的時候不會生氣。

林荷：「我一看到妳這張臉，我又想起妳一言不發跑去海城市的事了。」

林折夏往後退了幾步，退到房間門口：「那我暫時消失一下吧。妳別看我了。」

「妳叫遲曜晚上來家裡吃個飯，」林荷在客廳喊，「妳跑過去，多麻煩人家，人家一邊忙比賽一邊還得照看妳——聽見沒？」

林折夏後背抵著門板，揚聲回了一句：「知道了。」

遲曜來她家吃飯不是什麼大事，所有人都很習以為常。

吃完飯，魏平拉著他在客廳聊天。

林折夏是女孩子，和她相處時不同，魏平有時候和遲曜倒是有很多屬於兩個人之間的話題。

魏平：「你幫我看看這個，這汽車模型，你感覺怎麼樣，叔叔想組裝一臺。」

「……」

林折夏飯後去洗了個頭。

洗頭間隙，她電話響了，她頂著滿腦袋泡沫喊：「誰幫我接一下電話。」

場面看起來有點雜亂，林荷在廚房忙活，魏平戴著眼鏡，半天也沒找到她手機在哪。

最後遲曜從沙發縫裡找到她的手機。

魏平：「誰的電話啊。」

「何陽。」

「那你幫她接吧，」魏平自覺坐了回去，「你們孩子之間的事，我就不插手了。」

電話接通。

何陽得意洋洋的：『我就知道妳會接我電話的，我特地沒打給遲曜，他有時候不接電話——我是不是很機智。』

然後何陽聽見遲曜的聲音從電話那頭傳過來：「嗯，機智。」

何陽：『……』

何陽：『不是，怎麼是你啊？』

遲曜：「有事說事。」

何陽：『我家養貓了，我媽同事家母貓生了好幾隻，她拿回來一隻，想問你們來不來玩。』

南巷街這群青梅竹馬之間的聯絡內容很瑣碎。

內容經常是誰新買了電腦，誰誰誰新買了遊戲機，或是一起去掃蕩福利社裡賣的刮刮樂。

遲曜想說「對貓沒興趣」，但話只是在心裡轉了一下，說出口的卻是：「她在洗頭，等等。」

『好嘞，』何陽說出了自己的最終目的，『來之前幫我去福利社裡買點貓罐頭唄，牠來得太突然了，家裡沒準備東西給牠吃。』

「……」

何陽：『你們上門觀光，帶點小禮物，不算過分吧。』

林折夏洗完頭，頭髮只吹了半乾，迫不及待拉著遲曜出門看貓：「他也太坑了，就是為了糊弄我們幫他買罐頭。」

遲曜：「那妳還去。」

林折夏：「我那是看在貓的面子上，不然才懶得理他。」

林折夏出門前找自己的零錢包，然後又拿著手機和鑰匙，手裡東西塞得滿滿當當的，實在拿不下其他的了，於是走之前順手把桌子上的髮圈遞給遲曜：「你先幫我拿一下，我把鑰匙塞口袋裡再拿它。」

遲曜站在門口等她，伸手接過。

林折夏頭沒完全乾，還半濕著，暫時不能綁頭髮。所以等她塞完鑰匙之後，直接把髮圈的事忘了。

她一路直奔福利社，找了一圈，在底層的貨架上找到了幼貓罐頭。

去何陽家時，何陽裝作不知道的樣子，接過罐頭：「唉喲，來就來，還帶什麼禮物，太客氣了。」

林折夏進門前說：「我特地帶禮物，你是不是感到很不好意思？」

何陽假客氣：「是的是的。」

林折夏低頭搗鼓了一陣，然後在手機上調出 Qr code：「那你付錢吧，一共四十八，你掃我。」

何陽：「……」

何陽無語，剛想說「這波是我輸了」，抬眼看到站在他夏哥身後的人。

少年倚著門，眼眸低垂著，很不明顯地扯了下嘴角，似乎是被林折夏逗笑了。

林折夏在何陽家玩了一下貓。

那隻貓才兩個月大，白色長毛貓，幾個人坐在一起商量幫牠取什麼名字。

林折夏：「顛顛吧，你看牠走路，挺顛的。」

「……」

兩個月大的貓，幾乎一直在睡覺。

幾個人看了一下，終於有人打破平靜。

遲曜：「你們覺得很有意思嗎？」

林折夏：「……」

何陽：「……」

遲曜起身：「走了。」

林折夏也起身：「雖然牠很可愛，但牠一直在睡覺，三個人盯著一隻貓看牠睡覺好像有點傻。」

何陽：「那我就不送了。」

林折夏和遲曜出去的時候天已經黑了些。

小長假過後，即將進入夏末，蟬鳴聲漸漸變得微弱起來。

林折夏出門的時候逆著風，頭髮被風吹得揚起來，糊了半張臉。

她這才發現頭髮乾了。

想起來要綁頭髮，於是在身上找了一圈：「我髮圈……」放哪了。

她話還沒說完，一隻手橫著伸了過來。

少年手腕清瘦，凸起的腕骨處，纏著一條極細的黑色髮圈。是她出門前遞出去的那條。

在微弱的蟬鳴聲裡，遲曜冷倦的聲音響起：「妳的東西，拿走。」

那條髮圈是她在路邊飾品店裡隨便買的，五塊錢一把。

很普通，路上隨處可見的那種，沒什麼樣式。

而且這條髮圈她平時一直拿來綁頭髮。

林折夏捏著那條黑色髮圈，把它從遲曜手腕上拿下來：「你怎麼直接戴著了。」

因為這條簡單的髮圈，氣氛一下變得曖昧起來。

或許是她的錯覺，遲曜看向她的眼神帶著一些別的情緒，然而那些情緒轉瞬即逝，他再開口的時候說：「不然怎麼拿，拎著嗎。」

林折夏想了想：「拎著確實不太方便。」

她看了遲曜的頭髮一眼，不怕死地說：「你其實可以綁起來。」

她又說：「小時候我幫你綁過辮子，你還記得嗎？」

遲曜：「然後妳被我趕出去了，妳記得嗎？」

林折夏：「……」

她記得。

她趁他在睡覺的時候偷偷幫他綁了兩個羊角辮，因為這兩個羊角，遲曜一週沒理她。

說話間兩人已經走到公寓附近。

林折夏捏著髮圈，對遲曜說了一句「我先回去了」。

她一路跑進公寓內，直到公寓門「哢噠」一聲在她身後鎖上，她才鬆了口氣。

她抬手摸了摸自己的耳垂，發現和她想像的一樣燙。

林折夏低下頭，看了手裡的黑色髮圈一眼，發現自己現在的感覺像在高鐵上那樣。原來喜歡一個人，情緒就會很輕易地隨之起伏。

小長假過後，城安二中頒了個獎給競賽團隊。

「好厲害，」升旗儀式上，陳琳連連讚嘆，「沒想到真的拿了第一。」

林折夏看著臺上的人，恍惚間又回憶起海城市那短暫的兩天。

陳琳：「說起來妳去海城市，還被老劉發現了？」

林折夏想起來還是覺得很生氣：「都怪徐庭那個神經病。」

陳琳：「不過，聽說競賽隊裡有八卦，好像是誰跟誰表白了？」

「……」

林折夏沒想到這種事也能傳出來。

陳琳：「是誰跟誰啊？」

林折夏不能隨意跟人透露別人的私事，最後只說：「我也不清楚，沒聽說，可能是謠言吧。」

在學校的生活和往常一樣，海城市的兩天好像一場短暫的夢，生活沒有發生任何改變，只是「遲曜」這個名字對她來說變得不同了。

放學後，林折夏在家寫作業。

遇到不懂的題還是會習慣性地戳遲曜問。

『我來虛心求教了。』

『請問物理競賽第一名，這題怎麼寫？』

片刻後，遲曜傳過來一張照片。

遲狗：『（圖片）。』

一班的作業大部分時間和他們七班的不太一樣。

林折夏點開那張照片，看到遲曜在寫一張陌生的試卷，那張明顯難度更高的試卷旁邊，被人用黑色水性筆寫了幾個簡單步驟。

林折夏把那幾個簡單步驟抄了下來。

抄完後她回覆遲曜一個五體投地的跪拜動圖。

然後她正要從聊天畫面裡退出去，退出去之前，掃到了她之前給遲曜的備註：遲狗。

明明房間裡沒有人，她還是有點作賊心虛地回頭看了眼。

確認門關著，門外也沒有其他動靜。

她點進好友，再點擊修改備註。

她把遲狗兩個字刪了，對著修改備註的空白欄位看了很久，動了動手指，小心翼翼地打下四個字：喜歡的人。

此時，遲曜正好又傳了則新訊息給她。

喜歡的人：『看懂沒？』

給一個人的備註有時候代表了對這個人的想法。

換上這個備註後，平平無奇的聊天畫面都變得特別起來。

但林折夏對著聊天畫面猶豫了下，又再次修改備註，最後偷偷換上兩個字：遲某。

天氣轉涼的速度總是很快，臨近十一月，大家紛紛穿上秋季外套。

城安雖然強制穿校服，但有些學生會動些小心思，裡面還穿著夏季校服，外套穿自己的。

林折夏以前從來不會動這種心思，穿個校服而已，她對穿衣服什麼的沒什麼講究。

但現在不太一樣。

「怎麼忽然要穿自己的外套？」一大早，林荷問。

林折夏搬出早就想好的理由：「學校的外套太薄了，我怕冷。」

林荷：「妳去年還嫌熱，跟我抗爭半天，妳忘了？」

「……」

那時候她有點叛逆，林荷對她穿衣服指手畫腳，她還很倔強地表示自己不冷。

林折夏：「我那時候不懂事，現在我長大了，我覺得妳說得對，早晚溫差大，還是應該注重保暖。」

林荷沒再追問，她說：「我找找妳的外套，沒記錯的話應該被我塞櫃子裡了。」

林折夏搶在她前面：「我知道哪個櫃子，我自己去找。」

她最後從壓箱底的櫃子裡找出一件白色外套，外套也沒什麼其他的樣式，寬寬鬆鬆的版型，只是她潛意識覺得，穿起來應該會比那件全校統一的校服好看一點。

只是她和遲曜並肩去上學的時候，遲曜只是掃了她一眼，並沒有多說什麼。

她自己忍不住，在等車的間隙對著他：「咳。」

遲曜言簡意賅：「說。」

林折夏緩緩地說：「你沒覺得我今天哪裡不一樣嗎？」

遲曜：「哪裡？」

林折夏早上忙活了一通，忍不住生氣控訴：「……你觀察能力太差了，有眼無珠說的就是你這樣的人。」

遲曜看了她一眼。

女孩子今天難得沒穿校服，身上那件外套很大，寬鬆地垂著，白色很適合她。頭髮柔順地綁在腦後。

半晌，遲曜收回眼，難得沒有回嗆她。

公車很快來了，在林折夏以為這個話題已經結束的時候，上車前，她聽見遲曜說了一句：「外套還行。」

「……」

到校後，陳琳和唐書萱都注意到了她的外套：「今天很漂亮欸。」

林折夏有點開心：「謝謝。」

她又說：「妳們剛剛在聊什麼呢？我進來聽到什麼集市。」

陳琳：「書萱在網路上看到一個創意集市，看圖片特別漂亮，問我們週末要不要一起去。而且也不遠，就在上次我們去過的寺廟附近。」

林折夏看了她遞過來的手機一眼，集市燈火通明，有一長排的攤位，什麼都有賣。

林折夏：「可以啊，看起來挺有意思的。」

陳琳：「那就這麼定了，就我們三個嗎，遲曜去不去？感覺這種集市人多應該會比較熱鬧。」

傍晚，一行人一起從學校門口往車站走。

遲曜還沒說話，徐庭在旁邊舉手搶答：「我週末有空！」

林折夏：「好像沒人問你。」

徐庭：「……」

徐庭「哼」了一聲：「反正我也要去，既然我聽見了，就當是妳們在邀請我了。」

陳琳和唐書萱也無語了。

陳琳：「這人好娘。」

唐書萱：「他之前就這麼娘嗎？」

雖然話是這麼說，但她們還是默認了徐庭的加入。

至於遲曜……

反正出門的時候，林折夏都能把他拽出來。

林折夏確實在出門前把遲曜拽出來了。

「你不去的話，」林折夏拽人的時候想了想說：「徐庭會很尷尬的。我們全是女生，就他一個男的。」

遲曜：「他尷尬關我什麼事。」

林折夏無言以對：「確實。」

過了一下，林折夏又說：「我不想一個人坐車，反正你閒著也是閒著。」

遲曜一邊被她拉著出門，一邊垂著眼說：「妳哪隻眼睛看到我閒著。」

林折夏：「兩隻眼睛都看到了。」

「……」

集市晚上才營業，林折夏拉著遲曜下公車的時候，遠遠地就看到集市那邊烏壓壓的人群。每個攤販攤位前都點著兩盞燈，燈火綿延了一路。

這裡什麼都有賣，有手工藝品、吃的，還有很多稀奇古怪的小東西。

幾人一路逛過去。

林折夏買了根魷魚串，吃完之後買了杯飲料，喝到半路，看到棉花糖機器，又興致勃勃地買了一串巨大的棉花糖。

五彩繽紛的顏色，拿在手裡大得像個氣球。

走路得分外小心些，不然容易蹭到行人。

陳琳和唐書萱看到個有意思的東西，回過頭想叫林折夏一起來看，結果看到林折夏從店家手裡接過那串棉花糖的同時，遲曜很自然地伸手接過了她手裡原先拿著的那半杯飲料。

林折夏和遲曜之間經常會有這種很細微卻默契的小舉動。

他們可能不容易發覺，但旁人看了，就會意識到自己和他們之間始終隔了堵摸不見也看不到的隱形牆壁。

林折夏拿著棉花糖，聽見有人叫她，對她們喊：「妳們剛才叫我了嗎？」

陳琳說：「對呀，妳過來看，這有個照相館，書萱想拍照，我們要不要一起拍張照？」

陳琳和唐書萱他們站的地方是一個叫「創意照相館」的小攤。

照相館門口貼了很多小尺寸的照片，都是以往客人在小攤上拍的。

林折夏沒多想，答應下來。

然而唐書萱興致勃勃問攤主「多少錢一張」時，攤主掃了她一眼：「就妳一個人拍嗎？」

唐書萱回頭指陳琳和林折夏：「還有我的朋友們。」

攤主伸手指指自己的店名，在創意照相館這幾個字前面，還有兩個容易被人忽視的小字：「小妹妹，妳可能沒看清楚，我們這，是『情侶』創意照相館。」

唐書萱：「……」

陳琳：「……」

林折夏：「……」

您這店名。

如果能把最重點的兩個字挑出來，字別放那麼小，可能會比較好。

林折夏正要說算了吧，就見唐書萱猛地把徐庭拉到自己身邊，然後對著所有人展示了她過人的社交技術：「老闆，我能拍——這我男朋友！」

「……」

「他比較害羞，所以剛才站得離我比較遠。」

突然被拉過來的徐庭人都傻了：「？？？」

等他回過神，攤主已經對著他和唐書萱「唴嚓」了好幾張。

攤主：「二十八，掃碼吧，還有人要拍嗎？」

唐書萱掃完碼，用手臂推了林折夏一下：「妳拍不拍？」

林折夏：「……我怎麼拍？」

林折夏又說：「當眾公開我和陳琳的戀情嗎。」

唐書萱指指遲曜：「不是啊，這不是還有個人。」

林折夏張了張嘴，話還沒說出口。

唐書萱又說：「反正又不是真的，難得出來玩一趟，只是拍張照留念而已，又沒什麼，抓遲曜過來當下工具人唄。」

唐書萱說話聲很大，遲曜可能聽見了。

林折夏臉一下變得很燙。

在短短幾秒間，她想了很多東西。

她不知道自己現在該表現出什麼反應才算「正常」。

如果表現得太抗拒，似乎很明顯。

就像唐書萱，因為她對徐庭根本沒什麼意思，所以能這麼坦坦蕩蕩地對攤主喊話。

但以她的性格，接受的話，也會顯得很奇怪。

最後林折夏用一種只有自己知道的、不自然的語氣說：「誰要跟他……」拍啊。

語調越說越低，話還是沒說完整。

因為，她其實是想拍的。

她都不知道自己是怎麼站到遲曜面前問他能不能陪她拍的：「唐書萱那個，就是，想問問你……」

「當然我先說好我不是那個意思，」她說半天話都沒說明白，「就是你能不能，那個，算了。你就當我沒來過。」

林折夏正想放棄，卻見遲曜捏著那杯飲料，語調平淡地開口：「怎麼，不需要工具人了嗎。」

他果然聽到了！

林折夏臉都快冒煙了。

等她和遲曜走過去的時候，攤主看了他們一眼：「你們也是？」

林折夏態度模稜兩可：「啊。」

攤主指指旁邊的 Qr code：「先掃吧，價格一樣，都是二十八。」

遲曜在她準備掃碼之前，手機掃了碼。

林折夏在這瞬間有點後悔。事後回想起這天，她感覺自己當時腦子像死機了一樣，死板地捏著一串巨大無比的彩色棉花糖，面部僵硬，攤主在拍照的時候似乎說了句「那女生別站那麼遠」，但她沒聽見。

於是身邊的這個人出聲提醒她：「林折夏。」

林折夏順著聲音抬起頭。

看到少年說話時上下攢動的喉結，看到他低垂的眼，還有那枚正好對著她的右耳耳釘。

「靠近一點。」

林折夏不記得自己有沒有挪步過去了。

她低垂著的，略顯侷促的手似乎在慌亂間碰到了遲曜的手背。

她對拍照最後的印象，是遲曜向她靠近了點，然後他的手在攝影師的指導下抬起來繞到了她身後。

「咔嚓」過後，畫面定格。

店主用的相機是拍立得，一共幫兩人拍了兩張。

因為林折夏姿勢比較僵硬，沒怎麼換動作，所以連著兩張拍出來效果都是一樣的，只有細微的差別。

照片上，漆黑的夜晚被無數燈光點亮，背景裡有很多模糊的經過的人影，畫面中央穿白色外套的女生拿著棉花糖，呆呆地正視鏡頭。而她旁邊的人眼神向下，個子比她高出一大截，做了一個微微側頭往斜下方看她的動作，下頷線和脖頸線條過於優越，姿勢凹得很有鬆弛感。

兩張照片細微的差別在於，遲曜繞在她身後的手在她腦袋上做了兩個相似的動作。

他比了一個「耶」。

這個「耶」因為舉在她頭上，所以看起來就像一隻單獨的兔耳朵。

另一張上，他手指微曲，「耶」也跟著彎下來，像兔耳朵垂了下來似的。

林折夏拿到照片之後就拉著遲曜遠離那個攤位。

平復心情後，她覺得自己應該是想多了，這可能就是個普通的動作，於是問：「你比劃什麼啊。」

遲曜：「不明顯嗎。」

「？」

「兔耳朵。」

「……」

還真的是兔耳朵。

林折夏略過這個話題，又問：「你要照片嗎？」

遲曜聲音涼涼的：「工具人連勞務費都沒有嗎。」

林折夏：「那你先選還是我先選？」

遲曜說：「隨便。」

林折夏毫不客氣：「我先選了。」

她拿著兩張照片細細比對，兩張照片上遲曜都很好看，她都很呆，讓她難以抉擇。

最後她把兩張照片打亂，閉著眼抽了一張。

抽中的是那張垂下來的兔耳朵，少年微曲的手指顯得整個姿勢變得有些可愛。

「……」她忍不住說：「為什麼你那麼上鏡。」

遲曜從她手裡抽走另一張，說：「我長得好看。」

「……」

很不要臉。

也很無法反駁。

集市差不多都逛完之後，幾個人打算早點回去，畢竟走夜路不太方便。

「十點了，」陳琳說：「再晚我媽得罵我了。」

唐書萱：「我也是，我媽剛打電話給我。」

徐庭表示：「那我送妳們吧，我們三個一起搭計程車。」

說話間，唐書萱靠著林折夏等車。

她發現林折夏還在看那張拍立得，發覺她還介意剛才的事，在她耳邊勸道：「沒事的，妳不要放在心上啦，妳今天怎麼有點緊張兮兮，真的只是拍張合影而已，以妳和遲曜的關係，誰都不會多想的。」

「妳和遲曜是什麼關係，那可是從小穿一件褲子長大的關係，你們是最好的兄弟——就算妳明天出去拿著照片說這是妳和遲曜的情侶照，都沒人會當真。放寬心。」

林折夏沒說話，捏著照片的手指微微收緊了些。

唐書萱說完，看向馬路：「車來了，我們先走啦，拜拜。」

林折夏放下照片，對她揮了揮手：「明天見。」

或許是因為拍照的緣故。

回去的一路上，林折夏和遲曜也沒怎麼多說話。

「我有點玩累了。」

走到公寓門口，林折夏把照片揣進口袋裡，指了指門：「我先上去了。」

她想了想又說：「這張照片我會好好保存的。」

遲曜跟她揮手時晃了下手裡的照片：「保存倒不用，直接貼起來吧。」他漫不經心地想了想，「就貼妳書桌前面。」

林折夏：「？」

遲曜：「方便妳每天抬頭瞻仰一遍我的容顏。」

林折夏：「……勸你別得寸進尺。」

她回到家，魏平還在加班，於是她和林荷聊起今天在集市上發生的事。

林荷一邊剝瓜子一邊說：「那妳那棉花糖吃完沒。」

林折夏：「小荷，我說那麼多，妳最關心的就是棉花糖？」

她又說：「吃完了，甜死我了。」

林折夏把集市上那些好吃的說完，攥緊衣服口袋裡的照片，自己也不知道哪根筋抽了，忽然說：「媽。」

林荷看著電視，手裡剝瓜子的動作沒停：「怎麼了？」

林折夏：「其實今天集市上還發生了一件事。」

林荷一邊看電視一邊聽著。

「我們本來想拍照，結果沒搞清楚，沒想到那是家情侶照相館，」林折夏說這話時，衝動又忐忑地仔細留意林荷的表情，「我就拉著遲曜跟我一起拍了。」

電視上，主角正在吵架，林荷看得津津有味，表情絲毫沒有因為她說的話而有任何波動。

林折夏重複：「我和遲曜，不小心，拍了情、侶、照。」

林荷：「聽見了，我又不聾。」

「……」

林荷不解：「那怎麼了，不就拍張照嗎。」

「你們是情侶嗎？」林荷又問。

「不是。」林折夏悶悶地回答。

「那不就完了，」林荷說著，「要我說這攤販也是奇怪，拍個照還有條件，這不是自己趕客嗎——」

林折夏說這事的時候，其實是一種自暴自棄的態度。

她寧願冒著被猜忌的風險，寧願林荷罵她一頓。

但是都沒有。

林荷和其他人一樣，和唐書萱、徐庭他們一樣，根本不會懷疑她和遲曜之間的關係。

林荷沒把一張普通的合影放在心上，她催促：「妳快去洗澡吧，早點休息，對了，妳作業是不是還沒寫完？」

林折夏洗完澡，一道數學題算半天沒算出來。

她闔上數學練習冊，把那張照片攤在桌上，用黑色水性筆在照片背面鄭重其事地寫下了今天的日期。

她看了一下後，又把照片夾進那本存放許願卡的童話書裡。

第十四章　不可以失去

入秋後，高二上學期即將進入期末。

他們高二的課程安排很繁重，一整年不僅要學高二的內容，高三的內容也要學完一半，以便給高三留下充裕的總複習和模擬升學考的時間。

林折夏高一的時候成績還算可以，到了高二，開始有點偏科，尤其是數學，越往後深入，她的考試成績越不理想。

立體幾何、函數，這些都是她的弱項。

有時候遲曜跟她講過的題，換一下條件，她就又容易出錯。

期末考考了三天。

她可能和期末考有仇，這次考試和去年冬天那次考試一樣，她考前也感冒了。

林折夏考完數學就覺得要完了。

最後大題，她空了兩道。

陳琳：「隔壁桌，妳臉色不太好。」

林折夏趴在桌上，昏昏沉沉地說：「我可能考砸了。」

陳琳：「這次數學題目很難，平均分應該也不會太高，妳別太擔心。想想明天開始就要放寒假了，開心一點。」

林折夏沒再說話。

到快放學的時候，遲曜傳了則訊息給她。

遲某：『晚上老劉有事找我。』

遲某：『等我一下。』

林折夏看著這個「遲某」，回了句：『知道了。』

「對了，」陳琳偷偷湊過來，小聲說：「妳還記得遲曜之前去參加物理競賽的時候，流傳過的八卦嗎。」

因為感冒，林折夏腦子轉彎的速度都變慢了：「什麼？」

陳琳：「就是說有人表白那個，當初不知道是誰，最近有人說是已經轉學轉走的沈珊珊。」

陳琳不愧是在八卦界走南闖北的人，時刻掌握第一手資訊：「沈珊珊和遲曜表白，遲曜沒和妳說嗎？」

林折夏沒回答她的問題，她打起精神，反問：「妳怎麼知道的？」

陳琳說：「學校論壇。」

「不過我沒有參與，我已經很久不在網路上隨意發表言論了，就是很多人都在議論，我就上去看了眼。」

陳琳說完，又去忙其他的事情。

很快打鈴下課。

所有人揣著假期作業往外跑，迎接假期，沒多久教室裡的人就走得只剩下兩名值日生了。

林折夏一邊等遲曜，一邊點開學校論壇。

遲曜這個人的熱度一直只增不減。

所以根本不需要她往下翻找，一眼就能看到新增的討論文章。

只不過這次因為內容原因，文章名字裡沒有帶上兩個人的大名。

取而代之的是兩人的首字母代號：「SS」、「CY」。

十一樓：『沈珊珊啊，好像二班的人說過，她國中就和遲曜同個學校。』

十二樓：『所以是暗戀多年？』

十三樓：『還有點好磕……畢竟競賽隊裡，就她一個女生，也就她一個二班的。』

十四樓：『確實，挺般配的，兩個人成績也都很好。』

林折夏往下看。

意外在滿螢幕的留言裡看到了自己的名字。

五十二樓：『遲曜不是和七班林折夏走得很近嗎？』

在看到自己名字和暹曜共同出現的那刻，林折夏心跳漏了一拍。

她滑動了下螢幕，切到下一頁。

五十三樓：『想多了，他們是青梅竹馬。』

五十四樓：『是啊，剛開學就有人討論過了。這種是最不可能在一起的，都認識那麼多年了。』

五十五樓：『竹馬打不過天降這句話不是沒道理的，反過來，青梅也一樣。』

五十六樓：『別說在一起了，要是一個我認識那麼多年的青梅竹馬喜歡我，我都能尷尬死。』

「……」

五十七樓：『不過沈珊珊也不是天降吧，看樣子表白沒成功，而且都已經轉學了……』

關於她的討論沒幾則，很快又轉回到沈珊珊身上。

林折夏想，那天競賽隊裡，沈珊珊支走的人不只徐庭一個，應該是其他人猜到情況，不小心傳了出去。

等她看完文章，抬起頭，教室裡只剩下她一個了。

連值日生都走了。

她看著空蕩蕩的教室，感冒引起的鼻酸忽然間加劇。

桌上的手機又亮了下。

遲某：『我過去了。』

林折夏沒有回覆。

她想到那天給遲曜改備註的時候，她最後也只能偷偷改成「遲某」。

因為這個「遲某」，只有她自己知道是什麼意思。

就算不小心被人看到，也不容易被發現。

遲曜出現在七班門口的時候，她眼淚在眼眶裡打轉。

他剛要說「走了」，走近後，看到林折夏眨了眨眼睛，眼淚就毫無徵兆地從眼眶裡落下來。

遲曜愣了下，再開口的時候語調放輕許多：「怎麼哭了。」

林折夏說話時帶著明顯的鼻音：「我沒哭，我就是感冒太難受。」

喜歡一個人的心情，應該是甜蜜的。

林折夏不否認這點。

但是她的那份甜蜜好像轉瞬即逝。

「鼻子酸，」她整個人很不明顯地因為抽泣而發抖，「眼睛也酸。」

她真的不想哭。

可是第一滴眼淚不受控制落下之後，之後就不由她控制了。

她眼淚像止不住似的往外冒：「……而且我數學也考砸了。」

「我空了兩道大題。」

「兩道，一道十二分，兩道就是二十四。」

「我可能要不及格了。」

她越說，整個人抖得越明顯，眼尾泛著紅：「我為什麼空了兩題，這兩題我複習的時候明明複習過了。」

「為什麼寫不出，為什麼考試的時候忘了……」

遲曜站在她課桌前，伸手從別人桌上抽了幾張紙巾，彎下腰靠近她。

兩個人之間的距離很近。

他幾乎是湊在她面前，幫她擦眼淚。

紙巾像他的動作一樣輕。

「別哭了，」他說：「哪兩題空了？」

林折夏眼前一片朦朧：「倒數最後一題。」

遲曜「嗯」了一聲，問：「還有呢？」

林折夏：「還有倒數第三題。」

林折夏眼淚被擦乾，眼前漸漸清晰起來。

她清楚看到遲曜身上那件校服，彎下腰後湊得極近的臉，彷彿被加深勾勒過的眉眼，低垂的眼眸，還有落在她臉上的很深的眼神。

「我回去講給妳聽。」

他說：「下次就不會再錯了，行不行？」

林折夏點了點頭。

同時，她無比清晰地認知到。

他們之間認識的時間太過漫長。漫長到，任何人都不會往那方面去想。

他們之間的距離比世界上任何人都近，卻是離「喜歡」這個詞最遠的距離。

遲曜見她不哭了，把紙巾塞到她手裡，又問：「東西收拾了嗎？」

林折夏搖搖頭：「還沒有。」

「哭完就坐旁邊去。」

等她挪到陳琳的位子上之後，遲曜開始幫她收拾書包，一邊收一邊問她：「這個帶不帶，這個呢，都拿上了，還有什麼。」

林折夏指指桌子抽屜：「還有一份數學試卷。」

落日餘暉從教室窗戶灑進來，灑在兩人身上。

這個畫面很熟悉。

林折夏想起來好像很小的時候，也有過這麼一次。

她因為上課和隔壁桌聊天被老師叫去辦公室罵了一頓，從老師辦公室哭著出來的時候，看到遲曜在空無一人的教室等她，一邊等，一邊在幫她收文具盒。

年幼時的畫面和現在的畫面逐漸重疊在一起。

林折夏忽然叫了他一聲：「遲曜。」

遲曜正蹲著，收筆袋的手頓住，喉嚨微動：「還有什麼沒拿？」

「沒有了，」因為剛哭過，林折夏聲音還有點啞，說：「我就隨便叫叫你。」

十七歲的林折夏，有了一個喜歡的人。

只是這個年紀太過稚嫩，暫時還很難去安放那份喜歡。

並且比起十七歲這個年紀，對她來說更困難的是她喜歡上的這個人，是自己從小一起長大的最好的朋友。

是一個她不可以出任何差池，不可以失去，也絕對不可以喜歡上的人。

等遲曜收拾好東西，林折夏已經哭完了。

她長這麼大，在遲曜面前哭的次數多到數不清。

但這是遲曜第一次，不知道她哭的真正原因。

遲曜幫她拎著書包，兩人一路往校外走：「膽小鬼，喝不喝飲料。」

林折夏走在他後面：「……不想喝。」

「如果你非要請客的話，」林折夏故意裝作沒事，又說：「可以折現給我，就當我喝過了，正好我這個月零用錢不夠花。」

氣氛一下變得鬆弛下來。

果然，遲曜在等她跟上自己的間隙，低下頭看她：「妳想得美。」

「……」

回去後，林折夏只想快點回家，但剛要走，被遲曜像拎東西似的拎著厚重的冬季校服衣領，拎進他家裡。

然後她看著遲曜放下書包，隨手把外套脫下來扔在沙發上。

他裡面就穿了件毛衣，依舊鬆垮的掛在身上，和規規矩矩穿校服的樣子不同，整個人顯得隨性不羈很多，甚至有種很微妙的私人感。

他拿了紙筆，把考過的數學題大致默寫下來：「最後一題，函數題。」

「倒數第三題，立體幾何。」

他勾著筆說：「聽完再回去。」

林折夏「哦」了一聲，老老實實坐在他旁邊，聽他講題。

或許是因為她今天哭了。

遲曜講題的時候比往常講得更細，明明寫在紙上的字很凌厲，林折夏卻感覺異常溫柔。

「聽懂了嗎，沒聽懂我再講一遍。」

林折夏其實從考場出來之後就翻書看過例題，她還是認真聽完，然後說：「聽懂了，我下次不會再錯了。」

下次不會再哭了。

也不會再去想這份喜歡。

她會把它小心翼翼地藏起來。

因為下學期過完，他們這屆高二生就要升高三，所以寒假作業留了很多，多到沒時間出去玩，「寒假」這兩個字，在今年彷彿被抹去了。

這年寒假林折夏唯一一次出去玩，是源於何陽的一通電話：『明天妳有空嗎，叫上曜哥，我請客，請你們去看電影。』

林折夏第一反應就是有鬼：「你怎麼會這麼好心。」

何陽：『我向來都是這麼慷慨大方的人。』

「你對自己的認知有問題，而且記憶可能也出現了一定程度的錯亂，」林折夏說：「大壯，有空一定要去醫院看看。」

何陽：『……』

何陽：『我真請客，就是感覺我們好久沒聚了。』

林折夏很果斷地提要求：「我還要爆米花和可樂。」

『……』何陽沉默了一下，『行，那明天下午兩點，社區門口見。』

如果她知道明天是個什麼日子，再給她一次機會，何陽就算買雙份的爆米花給她她都不會去。

但人生沒有如果。

次日，她、遲曜、何陽，三個人從社區出發，走到電影院。

剛到電影院門口，就看到門口立著一張巨幅海報。

粉色的，大愛心，上面寫著：二月十四日情人節快樂。

「……」

電影院裡人很多，來來往往的，大部分都是情侶。

林折夏看著那張海報，質問：「大壯，你解釋一下。」

何陽剛取完票，裝傻，呵呵笑了兩聲。

林折夏：「我昨天說什麼來著，你這麼好心肯定有問題。」

何陽還是呵呵笑。

林折夏：「但我沒想到，問題會那麼嚴重。」

她閉了閉眼，克制地說：「你怎麼想的，說出來聽聽，雖然我不是醫生，可能很難理解你的想法。」

何陽這才出聲：「哎呀，看電影嘛，還分什麼節日不節日的，這種無關緊要的節日很重要嗎？」

他說完，發現林折夏和遲曜兩個人雙雙沉默地盯著他看。

尤其是他曜哥。

這人這張臉，又在這種節日出現在這裡，經過的人都忍不住張望。

「好吧，那我就實話跟你們說了。」

何陽捏著票難得有些扭捏地說：「其實是我在同學面前裝，我說我今年鐵定能過上這節日，以哥的魅力，約個女生出來看電影根本不在話下。」

「……」

「然後我就去問我們班一個女生要不要一起看電影，結果被拒絕了。」

「雖然被拒絕，但這電影肯定得看，不然我這面子往哪放？」

「怎麼，單身的人就不配過情人節嗎？我今天就要和你們這兩位，我何陽多年的好兄弟一起過這個節，我們三個湊在一起甜蜜一把。」

何陽話音剛落，林折夏和遲曜不約而同做了同樣的反應。

林折夏：「拜拜。」

遲曜：「走了。你自己去看吧。」

何陽急忙上前拉人：「不是——我票都買了，三張呢，加上爆米花套餐，花了我不少錢。雖然事出有因，但我想請你們看電影的心是真的啊！你們不能就這樣扔下我不管！！！」

林折夏想到她的爆米花，有點猶豫，腳步微頓。

於是何陽又轉頭，轉向那位冷酷無情的人，喊：「曜哥，給個面子。」

遲曜：「滾。」

「……」

何陽接著喊：「好兄弟，你兄弟我偷偷存點電影票錢不容易。」

遲曜忍了忍，但腳步慢了些：「閉嘴。」

最後，何陽擠出一句：「曜曜！」

兩分鐘後，三人一齊坐在角落的休息區等待。

何陽怕他們跑了，坐在兩人中間，一左一右各一個。

右手邊的林折夏捧著爆米花。

左手邊的遲曜冷著臉，一隻手插在衣服口袋裡，另一隻手把外套拉鍊拉到最上面，衣領立起，遮住了下半張臉。只露出高挺的鼻梁，以及有點傲氣的低垂的眉眼。

何陽：「和我坐在一起，很丟臉嗎，不用這樣吧。」

遲曜冷冷地說：「你知道就好。」

何陽：「……」

電影入場時間還有十幾分鐘。

林折夏吃著爆米花，正想著她怎麼會陰差陽錯和遲曜一起「過節」。

不可否認的是，在坐下的那一刻，她其實是有點感謝何陽的。

因為如果不是這樣，她找不到理由，也找不到任何立場，能在今天和遲曜一起看電影。

何陽從她手裡搶了粒爆米花，塞進嘴裡：「夏哥，想什麼呢？」

林折夏回過神說：「在想等等回去，揍你的時候，該用什麼工具。」

何陽欲言又止，最後還是大著膽子開口：「其實……我還有一個不情之請。」

「？」

「能不能跟我拍張照啊，不用露臉，就拿著電影票露個手和票根就行。」

「那個，我發個動態。」

何陽繼續說：「主要我話都放出去了，我要和人出去看電影，必須得晒一下票根。」

林折夏感覺嘴裡的爆米花吃起來有點噎。

她問：「你這是打算，一個謊，用無數個謊去圓？」

何陽催促：「幫一幫兄弟吧，妳要是不願意露手，縮在袖子裡也行啊，快點夏哥，我姿勢已經擺好了。」

「……」

林折夏看著何陽一隻手高舉著手機準備拍照，另一隻手捏著票根的樣子，左右為難。

何陽這個人，是得了腦血栓吧。

怎麼能想出這個餿主意替自己圓謊？

這其實是件小事。

而且她和何陽很熟，但這種事好像也不太適合。

她還沒想好要怎麼拒絕，忽然有道跟她隔了點距離、冷淡的聲音突兀地響起：「我的手借你。」

何陽：「……！」

林折夏：「……？！」

遲曜把手從衣服口袋裡伸出來，又問：「票呢？」

遲曜這話說出來，簡直魔幻極了。

何陽張著嘴，艱難地說：「這不適合吧。」

遲曜嗤笑：「你都能想到找她晒票根，還有什麼不適合的。」

何陽：「主要跟你——不適合。」

遲曜原本垂著的眼睛略微抬起，他像是勝負欲上來了似的，扯著嘴角說：「怎麼，我的手沒她好看？」

何陽話都說不俐落了：「不是，雖然你手指挺細的，手長得也不錯，但骨節畢竟還是男生的骨節。」

「這一看就是男的，我發出去不是讓人笑話嗎……」

遲曜一句話讓他啞口無言：「你可以P圖。」

何陽：「……………」

何陽在心裡咆哮，您還知道P圖這東西呢。

林折夏感覺自己像個八卦群眾，一下就變成了圍觀路人，還是合不上嘴的那種。

說完，少年伸出來的手不耐煩地在空氣裡揮了下，催促他：「票。」

他們的票都在何陽身上。

何陽表情扭曲而又複雜，拿票的手微微顫抖，他最後向林折夏發出最後一聲求救：「夏哥。」

林折夏往旁邊挪了一點：「別看我，我不跟你拍。」

何陽認命了。

「好吧，你的手也是手，」何陽眼睛一閉，心一橫，「我可以P。」

他隨手抽了張票給遲曜，又把多的那張遞給林折夏。

然而遲曜掃了一眼說：「換一張。」

何陽看著這張六排十三座，不太能理解它為什麼遭受厭棄：「不都是電影票，有什麼差別？」

遲曜隨口「哦」了一聲：「十三，不吉利。不想要。」

何陽無話可說，和遲曜對調了下票。

然後兩個男孩子，拿著票，把手湊在了一起。

何陽拍完照後飛速把手放下來。

雖然遲曜的手很上鏡，手指很長，每根骨節都長得恰到好處，不怎麼需要找角度也能拍得很好看。但這張照片多少還是讓人難以直視。

電影開始檢票入場。

遲曜起身後，何陽叫住他：「遲曜。」

遲曜連眼神都沒分給他：「你還有什麼破事要做。」

何陽聲音艱澀，人也有些扭捏：「不是，我就是想問，你不會……一直以來都對我抱有那種心思吧？」

「……」

「我雖然長得沒你好看，但也算是小有魅力，而且仔細想想哈，你好像也一直都沒有喜歡的女生。」

遲曜這次給了他一點眼神，他眉尾微挑，眼尾下壓：「你這個症狀多久了？」

何陽：「……」

「如果覺得最近生活過得太順，」遲曜又說：「不用這麼迂迴，我現在就能讓你去醫院躺半個月。」

一直縮在旁邊默默當隱形人的林折夏爆發出一陣劇烈的咳嗽。

「不好意思，剛才太精彩了。」

林折夏一邊咳一邊解釋，「我喝飲料的時候沒注意，差點被可樂嗆死。」

被林折夏打斷後，幾人不再聊剛才拍照的事，跟在人群後面排隊檢票。

主要是兩位當事人也很想當作什麼都沒發生過，恨不得把剛才發生的事立刻打包扔進一個名叫「黑歷史」的垃圾回收站。

林折夏最後一個檢票。

直到把票遞給檢票員的時候，她才仔細去看被分到的電影票。

她手裡這張，是六排十一座。

遲曜跟何陽換了票之後，剛好坐在她旁邊。

這明明是一個再普通不過的細節，她的心跳卻開始因此而加劇。

僅僅只是因為，等等他會坐在自己旁邊。

檢完票，林折夏沒心思看路，她順著直覺往前走，因為人流太密集，她一不小心跟著前面的人一起左轉。

忽然，身後一股憑空的力量拽了她一下。

遲曜不知道什麼時候來到了她身後。

「走錯了，」遲曜的手搭在她頭頂，示意她停下來，「二號廳在右邊。」

林折夏注意力回籠：「哦。」

遲曜把手放下，又說：「拉著我。」

走道上人很多。

林折夏知道他這話大概沒有別的意思，只是怕她再跟著人流亂走。

她慢吞吞抓上遲曜的衣袖：「我又不是不會走路。」

遲曜走在前面領著她：「原來妳會走路，我還以為妳在夢遊。」

「……」

周圍的情侶都是牽著手入場，她和遲曜夾在中間。

走進觀影廳後，光線一下子暗下來，只剩下前面的大螢幕還亮著光。

林折夏低下頭，藉著光去看她抓著遲曜衣袖的手。

遲曜穿衣服一向不太考慮保暖，今天穿的這件外套也不算厚，所以她甚至能感受到一絲若有若無的體溫，以及透過布料也能感受到的骨骼。

她緊張地動了動手指。

雖然她和遲曜沒有像周圍人那樣牽手，但是這樣四捨五入，也算牽著了吧。

林折夏牽著遲曜的衣袖一路穿過側邊臺階，找到他們三個人的位子坐下。

何陽伸展了一下雙臂，說：「趁現在在放廣告，我先把圖P了。」

「我不是迫不及待，」何陽解釋，「我是想早死早超生，我多想這張照片一秒，我就起雞皮疙瘩。」

林折夏沒工夫管何陽在說什麼。

她坐在遲曜旁邊，感到侷促。

「那個，」林折夏一隻手還塞在爆米花桶裡，試圖靠聊天緩解情緒，「你要不要吃爆米花？」

她覺得遲曜多半不會吃。

但出乎她意料的，遲曜往後靠了靠，然後側過頭，不經意地伸了手。

林折夏塞在桶裡的手還沒來得及抽出來，於是兩個人的手在爆米花桶裡，極其短暫地接觸了一秒。

她手指貼著他的手背。

在遲曜伸進來的時候很輕地蹭了一下。

林折夏猛地把手抽出來，空氣裡瀰漫著爆米花特有的甜味。

她咳了一聲問：「是不是很脆？」

「還行。」

遲曜手肘撐在座位旁的扶手上，手背抵住下顎，咬著爆米花，半晌，在電影前奏響起之前，又忽然說：「挺甜的。」

幸好電影院光線不好，不然她怕暴露自己此刻不太正常的反應。

電影正式開場，林折夏紅著臉也抓了一個。

今天的爆米花，好像比平時甜。

電影票是何陽買的，電影內容她完全不知道，來之前也沒問過何陽選的是什麼片。來電影院之後，看到節日海報，她大概能猜到是情人節愛情片。

林折夏想到這裡，去看攥在掌心已經皺成一團的電影票。

電影票上寫的電影名是《好想和你在一起》。

何陽在電影聲音增強之前收起手機，感慨：「總算P完了，別說，我曜哥這手，還挺好P的。隨便推一推，就更細了，就是推完感覺手指有點長得過分。」

「不過沒關係，無傷大雅。」

他用手肘推了遲曜一下：「謝了。」

遲曜沒理他。

電影時長一個多小時，起初因為遲曜在旁邊的原因，林折夏很難看進去。

大銀幕上播放的畫面像是飛速略過的默片。

明明在一幕幕放著，她也在盯著看，腦子裡卻什麼都沒記住，全是空白。

過了一下，她才漸漸看出內容。

情人節青春劇，一對班級隔壁桌在學生時代互相暗戀的故事，最後結局不太好，可能是為了讓故事更有戲劇性一點，女生毫不意外地被查出癌症，最後兩個人擦肩而過。

兩人學生時代有過一個稚嫩的約定，約定好要在十年後回來見一面。

影片結尾十年後，那個男生重回教室，沒有看到女生，看到的是女生臨別前寫的一封信：告訴你一個祕密吧，我很喜歡你，如果有平行時空，我好想和你在一起。

林折夏淚點低，影片過半就開始掉眼淚。

她起初還不想被人發現，偷偷吸鼻子。

還沒吸幾下，旁邊的人遞過來一張紙巾。遲曜沒在看電影，反而撐著下巴在看她，遞紙巾給她時說：「怎麼又哭了。」

「妳別叫膽小鬼，」他又說：「叫愛哭鬼算了。」

林折夏接過，擦了擦眼淚鼻涕，聲音哽咽：「我本來就不叫膽小鬼。」

「更不叫愛哭鬼。」

「這電影這麼感人，」林折夏說：「我只是比較有同理心，和某個冷血無情的人不一樣。」

遲曜靠著椅背，捏著手指骨節，隨口說：「癌症這種放在十年前都過時的劇情……」

林折夏瞪了他一眼。

遲曜冷冷淡淡改口：「是挺感人的。」

林折夏不管他說什麼：「反正你就是冷血。」

「我冷血，」遲曜冷笑一聲，「我能看到現在，已經很尊重這部電影。」

說完，他側了側身，讓出一點視線空間給她，「這還有個更冷血的。」

透過遲曜讓出來的間隙，林折夏看到旁邊睡得東倒西歪的何陽。

「……」

「挺難為他的，」林折夏又擦了下鼻子說：「為了發個動態，還得特地來電影院睡覺。」

或許是半夢半醒間聽到有人議論他，何陽一下醒了，他坐直了，問：「誰喊我，這部無聊透頂的電影終於要結束了？」

林折夏：「……」

電影確實快結束了。

雖然這部片子基調是悲劇，但還是點明了情人節主題。

電影最後，銀幕忽然暗下去，然後一行文字浮現：希望所有不敢宣言的喜歡，都能開花結果。沒有平行世界，我們也會在一起。

雖然林折夏之前因為劇情哭了，但是整場電影下來，最觸動她的卻是這句話。

所有，不敢宣言的喜歡。

她盯著這句話，該散場，卻忘了起身。

何陽迫不及待：「夏哥，愣著幹嘛呢，走了啊。」

何陽視線偏了下，發現就他一個人站起來了：「還有你，曜曜，你怎麼也不走！」

林折夏順著何陽的話，去看旁邊的人，可能是她的錯覺，遲曜似乎也在看那句話。

少年靠著椅背，淺色瞳孔被螢幕燈光染得很深，然後他垂下眼，掩去晦暗不清的眼神，再抬眼時彷彿剛才的神情並不存在似的，他起身，雙手插口袋，依舊是往日那副模樣：「走了。」

三人走回大廳。

林折夏：「等一下，我也想拍照。」

她說完，其他兩個人都看向她。

「我是說我們三個一起拍，紀念一下。」

「畢竟人這一輩子……」她緩慢地說：「很難再有今天這種精彩的遭遇。你們今天做的糗事，我忍不住想拍照留存。」

她說要拍照，他們倒是沒說什麼。

大多時候這兩個人還是很順著她的。

「快點拍，」何陽拿出票根，「我剛離場差點想扔掉。」

林折夏抬眼去看遲曜。

遲曜沒說什麼，但也把票根拿了出來。

林折夏打開相機，很快拍完：「好了。」

回到家後，她坐在書桌前回看剛才在電影院拍的照片。

她想拍照其實是因為像今天這種陰差陽錯的機會，以後可能都不會再有了。

但她肯定不能像何陽那樣拍照，所以只能拍三個人的。

其實她這張完全可以發動態。

但她看了一下，還是小心翼翼地發了一個僅自己可見的動態。

照片上，遲曜骨節分明的手離她的手很近，兩人的票根緊靠在一起，何陽因為站得遠，加上急著離開這傷心地，所以和他們隔開了一點距離。

哪怕這個僅自己可見的動態發出去根本不會有人看到，林折夏還是在編輯文案的時候寫了又刪，最後只留下今天的日期。

『二月十四日（圖片）。』

何陽沒回家，跟著遲曜一起走。

此刻正在遲曜家沙發上癱著，滑了一下個人頁面，就開始編輯自己的動態文案。

「你說我文案寫什麼比較好？」

何陽摸著下巴，「『這個二月十四不孤單』，『和她一起』，還是『好看的不是電影』？」

「……」

遲曜倚在廚房門口，手裡拎著兩瓶水。

他忍了又忍，才沒在扔水的時候直接扔何陽頭上：「現在，立刻，從我家滾出去。」

何陽接過水：「別這樣，我不想回去聽我媽叨叨。」

「我覺得還是最後一個吧，」何陽繼續編輯文案，「比較有氣氛，而且欲言又止的感覺，很有神祕感。」

何陽快速編輯完，然後勾選好可見分類「同學」之後，就把這則堪比詐騙的虛假動態發了出去。

完成這件心頭大事之後，他長舒一口氣，倒在沙發上說：「今天過得真是不容易。」

何陽爆出一句靈魂質問：「情人節電影怎麼能那麼無聊？我還是特地挑了個能看點的，當時選片的時候還有其他幾部，那預告片我都沒看下去。」

何陽又說：「不過說起來，這部我看到一半睡著，但那一半也沒怎麼看明白。」

遲曜：「你文盲？」

何陽：「……不是，是這個感情戲確實很難懂啊。」

何陽又爬起來，打算跟他詳談：「就為什麼不說喜歡對方呢，為什麼不說呢，只要一個人捅破窗戶紙，這事不是早就成功了嗎，還需要等十年？很奇怪啊，反正我是不懂。」

青春期，難免開始偷偷探究起「喜歡」這個詞。

何陽雖然整天到處裝，但也只是虛榮心在作祟，只是想顯現自己長大了而已。

但他沒正經談過戀愛，整天只知道打遊戲，連個喜歡的女生都沒有。

何陽實在百思不得其解。

但他也沒指望過遲曜會回應他——畢竟遲曜這種人，對愛情片的忍耐度應該比他還低。

他應該沒怎麼看吧。

應該隨便看看，然後低頭玩手機去了。

也只有林折夏那種傻子會為這種電影淚流滿面……

何陽想到這裡，毫無防備地，聽見倚在廚房門口的那個人用一種很低的、幾乎是在自言自語的聲音說了一句：「……因為太重要了。」

因為這個人在生命中的位置太特別，也太重要了。

比喜歡重要，也比愛情更重。

所以才慎之又慎。

所以無法聲張，不能透風。

「什麼？」何陽沒聽清。

遲曜到家後脫了外套，說話時，喉結艱難地動著，他垂著手，搭在水瓶上的手指屈起，指節用力繃緊而泛白。

但當何陽從沙發上坐起身去看他時，他鬆開動了動手指，彷彿剛才的情緒都是一場錯覺。

「我說，」遲曜擰開水瓶，指了指門，「你什麼時候走。」

何陽雖然沒聽清，但不至於一個字都沒聽見：「不是，你明明說的是因為什麼什麼，所以因為後面是什麼？」

遲曜直接動手趕人：「沒說過，你耳朵有問題。」

何陽踉蹌著被推往門口：「我明明聽見的……」

回答他的是遲曜毫不留情的關門聲。

「……」

何陽站在門口撓頭，有點迷惑：「難道我真的聽錯了？」

「算了，」他不再去想，搖搖頭，往家走，「……反正只是一部無聊的電影。」

由於這天的經歷過於離奇，林折夏晚上做了個夢。

她似乎夢到了一個「平行世界」。

因為夢裡的她和遲曜，都不太像真實的人。

她在夢裡回到了海城市，重新站在海灘邊，在遲曜問她「妳怎麼了」的時候，她竟然說了一句：「我好像喜歡上你了。」

夢裡的遲曜很模糊，她忐忑地像個等待審判的人。

過了很久，遲曜張了張嘴，但她還沒聽見遲曜想說什麼，夢境忽然間坍塌。

「嘀。」

「嘀嘀嘀。」

林折夏從被窩裡伸出一隻手，憑藉肌肉記憶按下鬧鐘開關。

世界清靜了。

她頂著亂糟糟的頭髮坐起身，從心底浮上來的第一反應是：還好是夢。

「是在做夢，」林折夏壓下依舊忐忑的心跳，默默地說：「不是真的。」

她起床洗漱，去餐廳吃飯。

魏平正在看報紙：「起來了？快坐下吃早餐，想喝豆漿還是想喝牛奶？」

林折夏裹緊身上的厚睡衣，說：「牛奶。」

林荷在廚房忙活，把牛奶和麵包片端過來的時候，林折夏說了聲：「謝謝小荷。」

林荷白她一眼：「別沒大沒小的。」

林折夏縮縮脖子，一邊吃飯一邊滑手機。

今天他們青梅竹馬群組很熱鬧。

她點進去，滑到上面從第一則未讀訊息開始看，發現話題的源頭是何陽在秀動態留言。

何陽：『哥昨天發照片的時候忘記把你們勾上了。』

何陽：『不要緊，在群裡給兄弟們展示一下。』

截圖上，赫然是一份情人節文案和照片：『好看的不是電影（圖片）。』

當然最重要的不是這些，是底下的留言，何陽怕大家看不見，還特地用紅色筆圈了起來，示意這部分很重要。

留言：『厲害啊。』

『佩服佩服。』

『不愧是你。』

甚至還有一句：『這女孩子手挺好看的，好細好長，彈鋼琴的嗎？』

林折夏一大早吃飯差點噴出來。

林荷：「怎麼了？」

林折夏：「看到一則很搞笑的新聞，沒忍住。」

寒假時間匆匆過去，高二下學期大家都變得更加忙碌。

林折夏有意無意地，開始和遲曜保持距離。

「我晚上和陳琳一起走，」這天放學前，林折夏順路去一班找遲曜，站在窗口說：「你先走吧不用等我了。」

遲曜：「？」

林折夏：「我們女孩子的事情，你就不要多問了。」

「我是不想多問，」遲曜手裡勾著筆，說：「只是萬一妳又挨揍，別哭著打電話給我。」

林折夏想到高一剛入學那時的黑歷史，沉默了一下：「我們去吃個甜點，應該不會挨揍。」

聽到回答，遲曜勾著筆的手指動了下：「知道了。」

放學後。

陳琳背著書包，左手拉著唐書萱，右手拉著林折夏。

她說話時看著林折夏，不解地問：「妳怎麼突然想去吃甜點？」

林折夏下意識攥緊書包帶子，說話時盡量保持自然：「我昨天寫作業的時候，滑手機看到的，感覺看起來還不錯。」

唐書萱大大咧咧的，完全沒感覺有什麼問題：「我剛好肚子餓了。」

甜點店裡人很多，三個人還在外面排了一下隊。

到她們之後，三個人並排坐在靠窗的座位上聊天。

從「感覺最近念書節奏好快，提前感受高三生活」，聊到「唐書萱喜歡的學長快畢業了」。

唐書萱有點難過，但還是打起精神說：「我可以考去他在的學校呀。」

「對啦，」陳琳說：「我們學校好像下個月要搞校慶，每個班都要表演個節目。」

唐書萱：「是有這麼回事，我今天去交作業也在老師辦公室聽到這事了。」

陳琳：「不知道我們班會表演什麼樣的節目，聽說老徐想安排詩朗誦。」

唐書萱：「……不至於那麼沒創意吧。」

陳琳：「他說這是他的計策，還取了個戰術名呢，叫什麼『七班笨鳥搶先飛計畫』。說是要在其他班級停下腳步準備節目的時候，我們抓緊時間分秒必爭地全身心投入念書。」

「……」

林折夏一勺一勺吃著手裡的千層蛋糕，聽得有點心不在焉。

她放在手邊的手機亮了一下。

「遲某」傳來一則新訊息，應該是問她吃完甜點回去沒有。

林折夏沒點開，也沒回覆。

她一邊吃一邊想著，明天放學該找什麼藉口避開遲曜。

她害怕。

害怕靠太近的話，那份喜歡會控制不住從心底溢出來。

害怕她會像那天那個關於平行世界的夢一樣藏不住。

怕被他發現。

顛簸的公車上。

遲曜坐在最後排，一側耳朵裡塞了隻耳機，手機很隨意地被他扣在腿上。

但是時不時地，他會把手機翻回來看看新訊息。

過了一下，手機震動。

有新訊息提醒，但傳訊息的人是「遲寒山」。

遲寒山：『對方收回了一則訊息。』

遲曜動了下手指，打下一個「？」，很快又刪了，直接撥了通語音電話過去。

電話很快被接通。

「爸。」遲曜開口。

『……』

對面的聲音很嘈雜，片刻後，遲寒山的聲音才從電話那頭傳出來：『哎，等等啊，剛才太吵。』

父子倆很少通話，所以遲曜有些不習慣，說出來的話也透著股不自覺的疏離：「找我什麼事？」

遲寒山說：『沒什麼事，傳訊息的時候傳錯了。』

話說到這裡，有中斷的趨勢。

遲曜「哦」了一聲。

遲寒山又說：『你最近怎麼樣，還好嗎？』

遲曜說：「挺好。」

兩人再沒別的話可說，倒是在掛電話前，遲寒山最後說了一句罕見的、很長的叮囑：『自己在家注意安全，遇到陌生人跟你搭話別隨便和人說話，睡覺前多檢查門窗。』

遲曜不知道遲寒山今天是吃錯了什麼藥，應該是從哪看了點亂七八糟的新聞。

半晌，他還是說：「知道了。你平時少看點新聞。」

掛斷電話後，他從聊天畫面裡退出去，掃了置頂一眼。

那個叫「膽小鬼」的置頂聊天，依舊沒有動靜。

林折夏連著三天放學沒和遲曜一起走。

找的藉口五花八門。

吃甜點，和朋友培養感情，以及好久沒去醫院了所以要和陳琳一起去看她在醫院看病的大舅。

到了第四天，她站在一班班級門口，在遲曜問她「今天又有什麼藉口」的時候，她憋了半天憋出一句：「我今天出門之前遇到了一個算命的。」

「？」

「算命的說，我今天必須要一個人回家。」

「如果兩個人一起走的話……」林折夏慢吞吞地繼續扯，「會有血光之災。」

遲曜單肩背著包，倚在教室後門門口，聞言，眉尾微挑：「哪來的算命的。」

林折夏：「早上，社區路邊。」

遲曜涼涼地「哦」一聲：「我怎麼沒看見。」

林折夏試探著說：「你視力不好，而且，可能他跟我比較有緣。」

遲曜這次懶得跟她廢話，直接拽著她書包背帶往前走：「行，那就試試，看看妳今天有沒有血光之災。」

林折夏：「……」

由於耽擱了一下時間，所以等兩人刷卡上車的時候，車裡已經擠滿人了。

林折夏擠進去，找了個空地站著，手扶著前面乘客的椅背。

遲曜站在她身後，伸手去拉上面的拉環。

兩個人站得很近，林折夏不用回頭，也仍能感覺身後似乎有道無形的陰影籠罩下來，幫她隔開了周圍的人。

她低下頭，想努力忽視。

只是因為車上人太多，所以才會靠得比較近。

只是因為太擠了。

她在心裡默念了一遍，好不容易假裝無事發生，身後的人卻動了——少年低下頭，想跟她說話。

從旁人角度去看的話，她和遲曜的姿勢很親暱。

穿校服的少年背著包，低下頭湊在她耳邊，這個動作將兩人之間的距離拉得更近。

他額前的碎髮跟著垂下，脖頸線條冷厲，甚至能明顯看到凸起的頸椎棘突，看起來冷傲不羈的人，似乎透過這個動作無意間放低了姿態。

「林折夏。」

遲曜難得叫了她的全名。

說話時，鼻息很輕地撒在她頸側，又麻又癢。

林折夏僵了下。

接著，頸側又癢了一下，身後的聲音接著說：「……妳躲什麼。」

林折夏裝聽不懂，她抓著椅背的手指收緊：「什麼躲什麼。」

遲曜低著頭，看不清神色：「躲我。」

「……」

遲曜又把話說得更清楚了些：「妳這幾天，都在躲我。妳以為我看不出嗎。」

「還有，訊息也不回。」

遲曜說：「以前話多得想拉妳進黑名單，現在像個啞巴。」

林折夏不知道說什麼，最後只能說：「……我沒有。」

但這句「我沒有」多少顯得有些無力。

她以前一天能和遲曜聊一籮筐廢話。

不管有事還是沒事，都能去戳戳他。

偶爾在網路上看到一個很老套的笑話，都要拿去再跟遲曜講一遍。

所以這幾天減少聊天之後，她自己也很不習慣。

她發現很多話忽然就沒有地方可以說了，或者說，她原來並沒有那麼多話想講，只是因為是遲曜，所以她才變得話多。

林折夏心虛地盯著車窗外晃蕩的街景。

她最擔心的情況發生了。

她感覺自己現在就像是搬石頭砸了自己的腳。

她和遲曜實在太熟悉，熟悉到自以為是的疏遠都會被立刻看穿。

「好吧，」林折夏低下頭，盯著自己的腳尖，很浮誇地長嘆一口氣，「事到如今，我只能告訴你了。」

「本來——我是想自己默默消化這份壓力的。唉，沒想到你那麼關心我，我就實話實說吧，我最近念書壓力實在太大了。」

「……」

頸側的鼻息消失了。

遲曜開始沉默。

「升學考的壓力，壓得我喘不過氣，我就很想自己一個人靜靜。」

「……」

窗外景色不斷蹁躚。

林折夏一邊說，一邊在心裡把剛才沒想完的話補全：也好在她和遲曜太熟悉，熟悉到，她其實知道自己做出什麼反應，能打消他的疑慮。

「而且你都說要拉我進黑名單了，還不允許我有時候高冷一下嗎，」林折夏最後說得自己都信了，她義憤填膺起來，「你居然還想拉我進黑名單——你好過分。」

「……」

下車後，林折夏為了逃避話題，揪著「封鎖」不放。

「我不只這幾天不傳訊息給你，我這一個月都不想傳訊息給你了。」

她背著書包走在前面：「反正你也想封鎖我。」

她太知道平時該怎麼和遲曜扯，越說越順嘴。

「你根本就不想和我聊天。」

「遲曜，你好無情。」

「等等回去，我就要一個人默默流淚，祭奠我們的友情。」

「……」

說話間，兩人走到公寓門口。

一直默默跟在她身後的遲曜在她刷門禁卡進門之前，伸手拽了一下她的書包，強行讓她轉過身面對自己。

已經是傍晚，公寓門口很安靜。

遲曜看著她，淺色瞳孔卻比往常更暗，半晌，他說出一句：「什麼時候封鎖過妳。」

「要是真的不想跟妳聊天……」他又說：「妳早就進黑名單了。」

遲曜很少說這麼直白的話。

林折夏愣了愣，在還沒反應過來之前，他已經鬆開手往後退了一步：「進去吧。」

林折夏回去之後，失衡的心跳半天沒壓下去。

她在家門口徘徊了一下，確認回家後林荷察覺不出異樣，這才開門進去：「媽，我回來了。」

林荷看了她一眼：「快吃飯吧。」

林折夏放下書包：「哦。」

「魏叔叔呢？」

「他和同事聚餐，」林荷說：「不用等他。」

餐桌上很平靜，林折夏聊在學校發生的事情，聊到了下個月的校慶，說到老徐那個「笨鳥先飛計畫」。

林荷也和她聊點自己工作上以及社區裡的事：「最近出門注意點，聽說我們社區附近有一些莫名其妙的人在亂晃，隔壁阿姨看到好幾次了，也不知道他們是幹嘛的。」

林折夏「啊」了一聲：「和小時候那群亂晃的高職生一樣嗎。」

林荷：「我也沒看見，應該差不多吧，可能是一些無業遊民。」

林荷說著，又發現一個不同往日的細節，夾菜時隨口問：「妳最近怎麼不提遲曜了？平時不是張口閉口都是遲曜嗎。」

林折夏扒飯的手頓了一下：「……」

最後她說了句「最近覺得他太煩了，不想提」就放下筷子回了房間。

回房後，林折夏剛從書包裡把要寫的作業拿出來。

還沒寫幾個字，就聽見有聲音從客廳傳過來。

「遲曜來了啊，」林荷在客廳說：「夏夏在房間裡，你找她一起寫作業？正好，我還擔心馬上高三了，怕她跟不上。」

「下次直接一起上來吃飯，別跟阿姨見外。」

「……」

林折夏筆尖在紙上停留，暈開一片墨漬。

遲曜進來之後，她挪了下椅子，騰位置給他：「你怎麼來了。」

遲曜把作業本放下。

他帶的東西很簡單，一支黑色水性筆，一份老劉專門幫他選的題。

「寫作業。」他說。

「我當然知道，」林折夏有點不適應，「問題是，你為什麼來我家寫。」

林折夏剛想說「你家沒桌子嗎」，但遲曜好像能猜到她想說什麼一樣，他往後微靠，手裡勾著筆說：「我家桌子塌了。」

「……」

雖然遲曜來得突然，而且她現在不是很想面對他。

但畢竟兩個人從小到大一起寫作業的次數多到數不過來，她早就習慣了。

熬過起初的尷尬後，林折夏繼續埋頭寫題。

她想讓自己專注作業，但還是有些心煩意亂。

手上那道不擅長的函數題算了半天，答案始終出不來。

她正打算忽略這題，先去看下一題，就聽到一聲手指骨節敲擊桌面的聲音。

她抬起頭，發現面前不知道什麼時候多了一張計算紙。

計算紙上有三兩行函數步驟，簡潔明瞭，旁邊還有注解，點出了她剛才在做這道題時出錯的地方。

——而且壓在這張紙上的，還有一顆用彩色玻璃紙裹著的糖。

「……」林折夏看向坐在旁邊的人，「你哪來的糖？」

遲曜說：「前兩天何陽參加婚宴，拿了一堆，全放我那了。」

「正巧，」他寫完一題，捏了下指骨，「找不到地方扔。」

林折夏：「哦。」

她腦子有點暈，還想問「你怎麼知道這題我不會」，但轉念一想，他就坐在旁邊，應該是不小心瞥見了。

林折夏剝開包裝紙，在甜味瀰漫開的同時，忽然間反應過來一件事。

遲曜會過來，好像是因為她剛才在車上說最近念書壓力大。

第十五章　仲夏夜

忙碌枯燥的念書生活裡，校慶演出對所有二中學生來說，還算一樁趣事。各班都緊鑼密鼓地籌備著。

這天林折夏又被老徐叫去辦公室。

「老徐，」認識快兩年時間，林折夏對老徐也越發熟絡起來，「有何吩咐。」

老徐見她來了，放下手裡正在批改的作業：「小林啊，確實有樁事情要吩咐妳。」

林折夏：「您說。」

老徐：「我們班不是有個笨鳥搶先飛計畫嗎，詩朗誦是最不需要花時間準備的，妳看怎麼樣？」

林折夏說：「我覺得這個計策非常好，充分體現出計畫者的足智多謀。」

老徐：「那麼問題來了，現在詩朗誦小組需要一個領頭負責人，我想把此重任交予妳，我之所以選中妳，是因為……」

林折夏很自然地接過話：「因為我是演講比賽第一名？」

老徐點點頭：「是的。」

和上次在老徐辦公室裡侷促不安，感覺被霉運砸中的心情不一樣。

林折夏這次很冷靜，也沒推脫：「我知道了，那我回去準備一下。」

這個回答倒是讓老徐感到意外，他看著站在辦公室裡的女孩子，近兩年時間，所有人都在不知不覺中悄然發生著變化，高一入學時的那個內向怯弱林折夏也變了很多。

他還記得當初林折夏在辦公室裡慌張拒絕說她不行的樣子。

「行，」老徐欣慰地說：「老師相信妳，好好準備。」

林折夏選了幾首詩歌，借用辦公室的印表機列印下來之後，抱著一疊紙準備上樓往班裡走。

她一路走一路想這活其實不難，甚至都不費什麼事，選好人，下課抽空排兩遍就行。

她正想著，途徑一班時，被徐庭攔了下來。

徐庭站在走廊上，雙手展開，將整條走道擋得嚴嚴實實，姿勢非常奔赴，聲音無比熱情：「——林少！」

「……」

林折夏停下腳步，想繞開他：「我能裝作不認識你嗎。」

徐庭：「不能，妳是七班林折夏，我好兄弟的好兄弟，四捨五入就是我的好兄弟。」

林折夏：「既然這樣。」

徐庭：「？」

林折夏一邊繞開他一邊說：「那我只能從根源上著手，和遲曜絕交了。」

徐庭跟上去：「別啊，我有事找妳。」

走廊上人來人往的，人很多。

林折夏不受控制地朝一班窗戶望去，看到那個熟悉的位子空著。

於是她停下來：「本人學業繁忙，只能給你兩分鐘時間，你有什麼話就快說。」

徐庭找她的目的其實很簡單：「這不是要校慶了嗎。」

林折夏示意他往下說。

徐庭：「像我這種魅力四射的人，肯定是要在校慶舞臺上發光發熱的，對吧。」

林折夏想翻白眼。

徐庭：「所以我就和班導師說了，一班的校慶節目由我來負責。」

林折夏聽到這裡，猜想：「七班的我負責。所以你這是勝負欲太強，提前把我攔下來宣戰？」

「……」

「誰要跟妳宣戰了，你們七班那個『菜鳥搶先飛計畫』全年級都知道了，還用得著宣戰嗎。」

「是笨鳥，不是菜鳥。」林折夏忍不住糾正他。

但糾正完，她又沉默了一下，這兩個詞好像也沒什麼太大區別。

「算了，」林折夏又說：「不重要，你說重點。」

徐庭：「重點就是我們班導師要求節目至少得兩人，不讓我單獨上臺，所以我想找遲曜和我一起。我本來想著遲曜人氣又高，上臺肯定很適合，到時候我的節目一定能一鳴驚人。」

林折夏第一反應是：「你怎麼會有這麼危險的想法，活著不好嗎？」

「……」

徐庭：「妳不用二次重創我，我剛才已經被無情地拒絕了。」

「但是我不想放棄，」徐庭話鋒一轉，「妳幫我個忙，勸勸他唄。」

林折夏：「他不太喜歡上臺。」

她想了下又說：「而且你為什麼覺得我能勸得動。」

徐庭想都沒想，說了一句：「因為你們關係好啊。」

林折夏本來不想管這事，但徐庭苦苦哀求，甚至上升了思想高度，對她說「不想自己人生僅此一次的青春留下遺憾」，最終她答應徐庭幫忙試試。

「但是他不一定聽我的，」林折夏走之前說：「我不能保證他一定會答應。」

既然答應幫忙，說話肯定要算話。

林折夏一直在想要怎麼和遲曜開口。

她琢磨了一路，晚上放學幾次欲言又止。

遲曜在家門口停下：「說。」

林折夏話在嘴邊繞了一圈，最後找了一個很瞎的藉口：「我口渴，能去你家喝口水嗎。」

「……」

「我就是，」林折夏補充說：「太久沒喝過你家的水了，有些懷念。」

說完她在遲曜看傻子似的眼神裡，想把自己舌頭咬斷。

五分鐘後，她捧著玻璃杯，坐在遲曜家的沙發上喝水。

喝完一杯，她還沒想好怎麼說，又問：「能續杯嗎？」

遲曜好整以暇地看著她：「妳當我這是什麼，無限續杯咖啡店？」

他話雖然這樣說，還是重新倒了杯水給她。

林折夏感覺自己再喝下去，就快撐死了，於是開口：「馬上要校慶了，我們班在準備節目了，你們班怎麼樣？」

「……」

遲曜偏了下頭，說：「沒你們班的有創意。」

老徐這個計畫，是真的傳很開。

「聽說徐庭想找你上臺，」林折夏總算進入正題，「你拒絕他了？」

遲曜「嗯」了一聲：「我讓他晃乾淨腦子裡的水再說話。」

林折夏：「其實徐庭今天找我，想讓我幫忙勸勸你。」

遲曜也拿了瓶水，他一邊擰開瓶蓋，一邊往她這邊走，聽了這話，很意外地，沒有第一時間拒絕，反而走近後問她：「打算怎麼勸。」

林折夏張口就來：「像你這樣的大帥哥，就應該站在舞臺上，被大家欣賞。」

「這個校慶舞臺，沒有你，是這個舞臺的損失。」

「你如果上臺，那就是臺下觀眾裡冬季的一抹暖陽，夏天的一股清泉。」

林折夏說到這，停下來：「有點詞窮，給我幾分鐘時間，我再想想。」

其實她會答應徐庭，還有一點私心。

徐庭那句「僅此一次的青春」打動了她。

她想到了遲曜不會再有的十七歲。

如果能在高中時代，和那時候的好朋友同臺演出，對他來說，高中生活應該會多一點回憶吧。

想到這裡，她拋開那些花哨的話術，難得真心實意地說：「而且，我也挺希望你能上臺的。」

遲曜沒表示答不答應。

他只是拎著水，垂下眼，斂去眼底的眼神，再抬眼時已經恢復如常，喉嚨微動：

「……妳想看？」

林折夏有種錯覺，他此刻說話的語氣好像只要她說「想」他就會答應一樣。

下一秒，遲曜暴露狗性。

他別開眼說：「那妳就想想吧。」

「……」

勸說沒有成功，也算在林折夏意料之中。

她沒有很氣餒，回家之後找到徐庭的聯絡方式，傳了一則訊息給他：『不好意思啊，我沒勸成，要不然你換個人吧。』

徐庭回訊息回得很快，居然是兩個字外加一個驚嘆號：『哈哈！』

林折夏：『……你瘋了？』

徐庭：『哈哈！妳別裝了，我已經看透妳的小伎倆。』

徐庭：『妳是想欲揚先抑吧，先告訴我妳沒成功，然後再反轉，給我一個驚喜。』

林折夏緩慢地打字：『不是，你想太多了，沒跟你開玩笑。』

話還沒傳出去，徐庭先傳過來一張聊天截圖，並附言：『沒想到吧！遲曜已經先跟我說他答應了，妳玩弄不了我！』

林折夏：『……』

林折夏點開截圖。

截圖上大部分都是徐庭的自言自語，並伴隨間歇性發瘋：『求求你了，就陪人家一起上臺嘛，好不好嘛，好不好嘛。』

在大片徐庭的瘋言瘋語裡，那個熟悉的貓貓頭十分鐘前回過來一句話。

貓貓頭：『報吧。』

徐庭一時間沒能反應過來：『報什麼？？？』

貓貓頭：『名字。』

「遲曜要上臺表演節目？」陳琳早上一進班，彷彿期待有人闢謠似的問，「真的假的？」

林折夏在交作業，打破她的幻想，說：「……真的。」

既然林折夏說是真的，那就肯定是真的了。

陳琳難以置信：「居然是真的，我還以為她們在臆想。」

唐書萱插話：「不過遲曜這人風評那麼差，怎麼還這麼多人關注。」

陳琳作為曾經的追星人，一語道破：「黑粉也是粉。」

「……」

下課時間，林折夏從老徐手裡拿過節目表。

她在高二年級組裡一眼看到了高二一班。

節目表上，白紙黑字寫著：高二一班，節目歌曲彈唱。表演成員，遲曜、徐庭。

林折夏拿著表，腦海裡不自覺重播起昨晚那句讓她產生錯覺的話。

——「……妳想看？」

所以他是因為她參加的嗎？

喜歡一個人，好像就不由自主地期待他也會喜歡自己。

可這個人是遲曜的話，她連期待都不敢有。

林折夏把腦袋裡不該有的念頭甩出去，心說他應該只是不想徐庭再繼續煩他吧。

放學林折夏去一班找遲曜，徐庭正拉著遲曜在商量節目的事：「我們還有半小時，妳進來等唄。」

林折夏進去，本來想找個離他們有點距離的空位。

但遲曜在聽徐庭說話的同時，抬手把旁邊的空座位拽了出來。

她這時再避開，就有點太刻意了。

於是林折夏把書包卸下來，在遲曜身邊坐下。

林折夏解釋：「我怕打擾你們討論。」

徐庭還在對面滔滔不絕講他的計畫，遲曜淡淡地說：「沒事，我本來也不是很想聽。」

「……」

林折夏把作業拿出來，準備趁這個時間寫一下作業。

她在遲曜旁邊寫作業，好像跟他是隔壁桌。

這種感覺非常奇妙。

身處陌生又熟悉的一班教室，坐在遲曜旁邊，兩人僅隔著動動手肘就可能碰到的距離。

遲曜發現她遲遲不動筆，忽略徐庭，往後靠了下，問她：「怎麼了？」

林折夏想也沒想就把心裡話說了出來：「我們這樣，好像隔壁桌。」

這話說出口，似乎有些奇怪。

於是她又說：「我就是突然想起來，我們好像還沒當過隔壁桌。」

雖然她和遲曜很熟，但真論起來，還真沒坐過隔壁桌。

小學她轉學進去，只能插空坐，而且那時遲曜不怎麼來上學。

國中兩人不在同個學校，到了高中，又因為成績差距分在相距很遠的班級。

遲曜雙手插口袋，語氣隨意地用其他角度認領下她這句話：「沒和我坐過隔壁桌，確實是妳的遺憾。」

「……」

「我想到這裡，就覺得真是不幸中的萬幸，」林折夏在數學題旁邊寫下一個「解」，反駁道：「不然我可能要折壽許多年，說不定都活不到現在。」

這時，徐庭打斷他們：「你們有沒有人在聽我說話啊？」

林折夏：「把『們』去掉，我又不跟你上臺，好像沒什麼必要聽你說話。」

徐庭：「……」

徐庭：「你們班選好詩了嗎？」

林折夏這一天做了很多事情，完美貫徹老徐的計畫：「選好了，而且今天體育課花一節課時間排完了，下個月可以直接上臺。」

「……」

徐庭無語一瞬。

說完，林折夏開始認真解題。

等她算完幾題抬頭，發現徐庭不知道什麼時候走了。

坐在她旁邊的少年一隻手撐在課桌上，姿態散漫地撐著頭看她。在等她寫完，也不知道等多久了。

見她抬頭，遲曜隨口說了一句：「……寫完了，隔壁桌？」

好像兩個人真的成了隔壁桌一樣。

林折夏不太好意思接話，轉言道：「徐庭什麼時候走的？」

「十分鐘前。」

「哦，」林折夏說：「那你們商量完了嗎？」

「差不多，選了首歌。」

「我看單子上還寫了彈唱，他會彈樂器？一個人彈嗎，還是你們都得彈？」

林折夏說完，透過觀察遲曜異常冷淡的表情得到了答案：「看來是一起彈。」

「吉他，」遲曜說話時按了一下太陽穴，「得現學。」

徐庭這個人想上臺耍帥，會選吉他完全在意料之中。

但遲曜彈吉他……

遲曜最後說：「何陽朋友那有把閒置的，週末去找他借。」

週末。

林折夏也跟著去何陽朋友家湊熱鬧。

路上依舊蕭瑟，氣溫還是有點低。

她穿著外套，沒好意思進門，等他們借完出來之後，她好奇地看了遲曜手裡拎著的琴包一眼：「你不是得學嗎，怎麼不順便讓人家教你。」

何陽插話說：「你得了解閒置的意思，閒置就是買回來之後沒有毅力堅持下去。所以我這朋友，他也不會。」

林折夏：「……」

何陽：「不過我朋友說他們選的這首歌，樂譜還算簡單，就幾個基礎和弦來回切換。」

林折夏：「這麼簡單，他都不會？」

何陽：「……缺了點天賦。用眼睛看，和用手彈的難度，是不一樣的。」

林折夏想說「不知道遲曜有沒有天賦」，但在說之前，她看了遲曜的手一眼。

就光憑這雙稱霸過何陽情人節動態的手，學起來應該不會太難吧。

幾人往南巷街方向走。

遲曜今天穿了件黑色休閒衣，因為高瘦，所以身上那件休閒衣看起來有些單薄，他單肩背著吉他包，走在街上很像那種會半夜蹲在街邊、臉上還貼著ＯＫ繃的不良少年。

「你離我遠點。」林折夏忽然說。

遲曜眼皮微掀。

「你現在看起來跟我們不像一路人。」

遲曜：「哦，那我像哪路的？」

林折夏說：「像成績不好那路的。」

「……」

遲曜看起來懶得理她，林折夏又偷偷看了他幾眼，她收回眼時，眼神落到街對面。

街對面有一群聚集在社區附近的人。

五六個，年齡分布並不集中，二十多到三十多歲之間，嘴裡咬著菸。

他們看起來不像是社區裡的住戶，一直在外面徘徊。

其中一個穿黑色外套搭藍色條紋襯衫的男人緊皺著眉，眼神飄忽不定，好像在找什麼人。

林折夏想起來林荷在飯桌上提過的「有群人在社區附近」的事，她還以為會和小時候遇到的那種無業遊民一樣，沒想到這群人看起來並不像她想的那樣，於是多看了那群人幾眼。

或許是她打量的目光無形中招來對方注意，穿條紋襯衫的男人飄忽的眼神忽然聚焦到了他們這裡。

雖然他們已經不是小時候的小屁孩了。

而且大白天，路上人來人往的，不至於出什麼事。

林折夏還是避開那群人的眼神，裝作沒看到，加快腳步：「我們快點走吧。」

林折夏自己班級的節目不需要操心，注意力都在遲曜的節目上。

眼看著離校慶越來越近，她忍不住傳訊息問遲曜：『你練得怎麼樣了？』

遲某：『差不多。』

林折夏忍不住擔心：『你之前沒學過，一個月時間，能學會嗎？』

遲某：『？』

遲曜這個問號，沒有多說一個字，但言簡意賅地表達出了「妳敢質疑我」的意思。

林折夏想到之前勞作課的作業，還有圍巾，還有很多很多她學不會最後都是遲曜去做的事情。

心說他應該確實是學得差不多了。

但她還是習慣性打字：『你不要逞強，作為你最好的……』

她打到這裡頓了頓，手指在螢幕上停住，過了一下才繼續打：『作為你最好的兄弟，我肯定不會嘲笑你。』

遲曜只回了兩個字。

『過來。』

林折夏：『什麼過來？』

『我家。』

『來看我到底學會了沒。』

林折夏對著手機猶豫了一下，想去看看的心情戰勝了其他心情。

幾分鐘後，她站在遲曜家門口：「打擾了，您點的拍手觀眾到了。」

遲曜站在門口：「我什麼時候點的拍手觀眾。」

林折夏：「不要的話，你可以退訂。」

「……」

遲曜最後沒多說，側過身讓她進屋。

林折夏坐在客廳，看到那把原木色吉他立在牆邊，遲曜家暖氣開得足，他今天在家裡就穿了件很薄的襯衫，下身隨意搭了件很居家的褲子。

儘管這件襯衫穿在他身上，並不顯得多麼乖巧，反倒和臉形成某種異樣的反差。

「我已經準備好了。」

林折夏抱著靠枕，坐得筆直，「準備好被你驚人的琴技震撼。」

「妳不如準備點別的。」遲曜說。

「？」

「八百字觀後感那種，我明天檢查。」

「……」

林折夏一下想起軍訓時候的小作文。

她放慢語速說：「我覺得，做人還是不要太虛榮，愛看小作文不是什麼好習慣。」

遲曜掃了她一眼，沒再多說，把寬大的襯衫袖口挽上去捲了幾下，然後單手拎起靠牆的吉他。

遲曜的手按和弦的時候和她想像的差不多，跨格很輕鬆，指節由於用力，緊緊繃著，他按下之後，右手從上至下掃了一下。

乾淨俐落的琴聲隨之傾瀉而出。

房間裡只有他們兩個。

這天午後的陽光很溫柔，透過半遮半掩的窗簾照進來。

林折夏看著少年細長的手指有些生澀地變換著，耳邊是簡單的和弦聲。

這個場景太過私人，讓她恍惚間產生出一種錯覺。

好像只彈給她一個人聽。

像是，學這個只是為了此刻彈給她聽一樣。

錯覺之後，她又有點後悔，後悔當時幫徐庭勸他上臺。

因為她發現，她變得很小氣，小氣到想把此刻的遲曜藏起來。

成為只有她能看見，只存在於她記憶裡的一幕。

結束後，遲曜抬眼看她，提醒：「這位觀眾，是不是忘了什麼。」

林折夏這才回神，很浮誇地為他鼓掌：「此曲只應天上有。」

「沒想到你不光成績好，在音樂藝術上的造詣，也遠超常人。」

「……」

林折夏絞盡腦汁，用盡畢生所學，誇了半天，然後隨口問了句：「說起來，你不是不上臺嗎，為什麼又答應了？」

半晌，遲曜才出聲，只是回答她時，聲音壓低了些：「……妳說呢。」

這平平無奇的三個字，卻讓氣氛變得怪異起來。

林折夏感到莫名拘束，把手裡的靠枕抱得更緊了。

「我……」她說：「我怎麼知道。」

遲曜逆著窗外的光，一隻手搭在吉他上，另一隻手垂著。他喉結微動，似乎是把真正的原因艱澀地嚥了下去。

再抬眼時，又是那副欠揍的模樣。

他最後輕飄飄地說：「因為——妳說得對，像我這樣的人，不上舞臺確實是損失。」

「……？」

林折夏沉默一瞬，然後不甘示弱地說：「我那就是隨便說說，你別太當真。」

「彩虹屁這種東西，不可信，不要在吹捧中迷失了自我。」

末了，林折夏又問：「你彈完了嗎？」

遲曜：「沒有，還有一段。」

林折夏：「那怎麼不彈了。」

遲曜把吉他放下：「我迷失了，不想彈了。」

「……」

雖然遲曜不再繼續彈，但林折夏對這把吉他的興趣還是很濃厚。

她以前沒有接觸過樂器。

小時候那雙手不打人就不錯了，和所有跟「高雅」、「藝術」二字掛鉤的東西都不沾邊。

所以在遲曜放下吉他後，她躍躍欲試：「我能不能試試。」

遲曜沒說話，把吉他遞給她。

「這樣抱著嗎，」林折夏接過吉他，模仿遲曜剛才的動作，「我姿勢對不對。」

遲曜指揮：「歪了。」

林折夏把吉他扶起來：「這樣差不多了吧，然後呢。」

她沒有注意到說話間，遲曜已經繞到她身後。

「算了，說了妳大概也聽不懂，」遲曜站在沙發後彎腰湊近，說話時聲音也跟著忽然變近，「……手給我。」

林折夏愣了下。

她抱著吉他，看到遲曜的手搭在她的手上，一根手指一根手指地幫她調整位置。

察覺到她在走神，耳邊的聲音「嘖」了聲，然後輕聲提醒：「別鬆開。」

林折夏用力將指腹按在琴弦上，腦袋裡亂糟糟的。

等姿勢全部調整完，她學著他掃弦。

但掃出來聲音磕磕巴巴的，並不流暢，她說話也跟著磕巴：「……那個，可能我這輩子大概是和音樂沒什麼緣分了。」

遲曜說要下樓扔垃圾，兩人一起出去。

林折夏跟在他後面，出去之後說了句「拜拜」便逃似的回到家。

遲曜站在小區長路盡頭，拎著垃圾袋，確認她安全進公寓之後才收回眼。

他們公寓靠近社區門口，往遠處眺望，能看見門口紛雜的人群。

他扔完垃圾後往社區門外看了眼，亂晃的那群人這大半個月一直沒走，但這幾天似乎不在。

在無數議論聲中，校慶這天終於到了。

校慶當天，全校只上半天課。

午休時間過去之後，全體師生被安排到大禮堂。

禮堂門口掛著「城安二中校慶活動」的紅色橫幅，擺了花籃、紅毯，一應俱全，看起來十分隆重。

大家對校慶本身沒有什麼概念，期待那麼多天也只是因為可以不用上課，還有節目看。

甚至表演節目的人裡，還有個話題中心人物。

和臺下這批純觀眾不同的是，參與節目的人在午休之前就得去禮堂後臺集合。

林折夏的詩朗誦小組一共就五個人，有她、陳琳、唐書萱，還有坐在她們後排的、平時比較熟悉的兩名男生。

他們趕到後臺的時候，後臺擠了很多人。

有些節目需要換衣服，調試設備，前期準備工作很多。

「林少，」徐庭剛換好衣服，從試衣間出來，「你們不用換衣服嗎？」

林折夏拿著列印下來的詩詞：「我們穿校服，一切從簡。」

徐庭看了她手裡的紙一眼，佩服道：「甚至都不是脫稿，你們班可真行。」

林折夏也很佩服他：「你這身衣服很心機，那麼多亮片，是想閃瞎臺下人的眼嗎。」

徐庭很重視這次演出，從他一開始拚命想拉遲曜一起上臺就可以看出來。

他特地買了一套演出服，看起來是件普通襯衫，但燈光打下來，閃得不行。

「我特地挑的好嗎，」徐庭拍了拍自己身上這件襯衫，「我和遲曜一人一件，我白的，他黑的。」

林折夏有點驚訝：「他居然願意穿？」

徐庭：「……看他的表情，應該是不太願意。」

林折夏想像不到遲曜換上這種衣服後的樣子，在後臺掃了一圈也沒看到他：「他人呢？」

徐庭說：「老劉找他有事，還沒來，應該得等等。」

林折夏「哦」了一聲，繼續準備自己班級的節目，他們班因為節目無聊，所以出場順序也比較靠前。和演講比賽那天很像，也是在隔著幕布的後臺做準備。

臺上，主持人在試音響，麥克風聲音滋啦滋啦地傳過來。

陳琳是第一次上臺，她緊張得不行：「我感覺我整個人都在抖。」

林折夏去握她的手：「我和書萱都在呢，不用緊張，而且妳排練的時候念得很好，今天肯定也沒問題。」

陳琳點點頭，過了一下，她忽然說：「我好像不怎麼害怕了。」

林折夏看她一眼。

陳琳又說：「因為我想起來妳之前也不敢上臺……我那時候還覺得上臺沒什麼，沒想到現在成了妳鼓勵我，所以我也應該更勇敢一點。」

主持人調試設備結束。

觀眾分批進場，校慶正式開始。

又過了很久，幕布外有人喊：「高二七班，詩朗誦準備——」

林折夏感覺這一幕很熟悉。

演講比賽那天，她也是站在同樣的位置，聽著相似的提醒。

他們班詩朗誦發揮得很穩定，這種節目想出問題也很難，照著稿子念出來就行。

詩朗誦節目結束後，他們沿著側邊的臺階下去，回到觀眾席。
林折夏下去之後，摸了下校服口袋：「……啊。」
陳琳：「怎麼了？」
林折夏：「我好像把手機落在後臺了。」
「妳要不要回去拿？」陳琳提議。
「我問問老徐。」
在取得老徐的同意後，林折夏重新回到後臺。
後臺的人已經沒有剛開始那麼多了。
徐庭這個心機男孩在對著鏡子描眉毛。
徐庭：「怎麼樣，還可以吧。」
林折夏：「……」
徐庭：「怎麼不說話啊林少，我這眉毛，還算對稱吧。」
林折夏被追問，悶聲說：「你還是別問了。」
「我怕從我嘴裡吐出來的話，會傷害到你。」
徐庭：「……」
說話間，旁邊試衣間的簾子被人拉開。
林折夏轉頭，對上走出來的遲曜。

後臺燈光直直地打下來，打在少年身上那件黑色襯衫上，他裡面沒穿其他衣服，就披著這一件，衣料很薄，好在不透光，走路時顯出幾分空蕩，偶爾又會隱約勾勒出身形。

由於今天學校管得不嚴，允許換衣服也允許化妝。

所以林折夏留意到，他還戴了耳釘。

銀色十字剛好對著她。

遲曜不太適應：「你選的這什麼破衣服。」

徐庭：「那你脫下來吧，你穿得比我好看，其實我也不是很想被你搶風頭。」

遲曜眉眼微挑：「你說這叫好看？」

林折夏本來沒想發言，但是不由自主把心裡想的話說了出來：「我覺得，是挺好看的。」

等她反應過來，話音已落。

她又慢吞吞地補一句：「我的意思是，就還可以吧，勉強能看。」

遲曜卻沒再說話。

沒再說「這什麼破衣服」，也沒再提要把衣服換下來。

他可能因為穿得不舒服，又或許是因為別的原因，不太自在地垂下眼、抬手輕扯了下鬆垮的襯衫領口。

這時，幕布外有人喊：「高二一班彈唱節目，提前做好準備——」

林折夏反應過來：「到你們了。」

徐庭吐了口氣，走到幕布前等待上臺。

遲曜拎起放置在座位上那把吉他，動作間，剛才扯了一下的領口忽然間鬆開來。

他衣服鈕扣沒扣好，手又拿著吉他，不方便弄衣領，於是叫了林折夏的名字一聲，然後在她面前站定，微微彎下腰：「幫我扣一下。」

林折夏本來拿上手機就打算走了，冷不防聽見這句，腳步頓住。

她看著眼前那片嶙峋鎖骨，還有少年說話時上下攢動的喉結：「啊？」

「我說，」遲曜說話時低著頭看她，又重複一遍，「幫我扣上。」

林折夏想說「你不能找徐庭幫忙嗎」，又瞻前顧後地，怕這個反應看起來太過於異常。

畢竟以她和遲曜之間的關係，弄個衣領，好像也沒什麼。

只是她手指有點不聽使喚，碰到那枚黑色衣扣的時候，僵住了似的，半天沒扣進去。

而且她尾指似乎無意間擦過遲曜的鎖骨。

這時，幕布外的人又催了一遍。

「高二一班——兩分鐘後，準備上臺。」

下一秒，林折夏總算把那顆襯衫鈕扣扣了進去。

她急忙後退：「好了。」

「演出加油，」她最後以一種比他還緊張的語氣說：「別、別緊張。」

林折夏回到觀眾席，陳琳隨口問了一嘴：「怎麼去那麼久？」

林折夏說：「有點事，耽擱了。」

陳琳：「不過妳回來得剛好，馬上就是一班的節目了，遲曜和徐庭兩個人彈唱，不知道他們學會彈吉他了嗎？」

林折夏在心裡偷偷地說：徐庭學得怎麼樣她不知道，但是遲曜學得還可以。

唐書萱插話：「前排居然有人掏螢光棒——遲曜這人氣還是不減當年，夠誇張的。」

整個禮堂很暗，只有舞臺上打了燈光。

前排的螢光棒在這種情況下看起來特別顯眼。

主持人說完「下面有請高二一班的遲曜和徐庭同學為大家帶來歌曲彈唱表演，他們表演的歌曲名字叫〈仲夏夜〉」之後便退了場。

林折夏之前雖然聽過遲曜彈吉他，但當時聽的是純伴奏，並不知道這首歌的歌名，所以在主持人說歌名叫〈仲夏夜〉的時候，她愣了下。

主持人退場後，燈光一下變得更暗。

燈光打在臺上兩個人身上，尤其是徐庭，他那件衣服閃得晃眼。

但林折夏還是把全部注意力都集中在後面出場的那個人身上——

穿黑色襯衫的少年神情散漫地拎著吉他出場的一瞬間，臺下爆發出一陣尖叫，瘋狂揮舞的螢光棒彷彿匯成了一片海。

輕掃琴弦，琴聲透過麥克風傳遞到禮堂各個位置。

兩個人唱的部分不同，上半首是徐庭彈唱，遲曜在旁邊站樁。

但這個人實在很不講道理，哪怕只是站樁，也依舊分走臺下人太多注意力。

「所以那天，」林折夏低聲自言自語，「他不是不想彈了，是因為只有半首嗎。」

她剛說完，徐庭的部分表演結束。

中間有很長一段時間的間奏。

在這間奏聲裡，遲曜抬手，在間奏結束的同時，從上至下掃了幾個和弦。

這首歌前半部分異常輕快，到遲曜的時候曲調變得緩慢暗澀。

像是終於從「白天」進入「夜晚」。

遲曜垂著眼，少年音色混著乾淨凜冽的吉他聲。

「記得那年夏天的第一次心動，你無意闖入，無法形容……」

遲曜唱到這句，抬起眼，看向臺下。

「漫天繁星倒映在你眼中，仲夏夜的風，埋藏失控，而我就此停留在，追逐你的時空……」

也許是林折夏想多了，因為她聽起來覺得歌詞好似一場關於仲夏夜的盛大心事。

遲曜抬眼的樣子，也好像在臺下找尋著某個人的身影。

甚至在某一瞬間，她居然感覺到一種莫名的吸引力，似乎在遲曜抬眼的剎那，她和遲曜隔著混亂的人群，對視了一眼。

臺下一片混亂。

誰也沒想到遲曜彈唱水準居然還不錯。

更沒有想到，一個平時聲名狼藉的風雲人物，會站在臺上唱情歌。

除了有人揮螢光棒之外，還有很多人舉著手機拍照留念。

林折夏也跟著這群人，偷拿出了手機，打開鏡頭。

這麼多人都在拿手機拍照，她偷偷混在裡面，應該也不會有人注意吧。

光源太多，相機一時無法聚焦。

一片朦朧後，手機螢幕上的畫面才逐漸清晰起來。

剛好對焦在舞臺上，那個在臺上閃閃發光，萬眾矚目的少年身上。

哢嚓，畫面定格。

偷拍喜歡的人的心情，是在按下快門的這一刻，眼前這個舞臺上被許多人注目的人，好像偷偷被她私藏了下來，獨屬於她一個人了。

遲曜唱完的時候，整個舞臺好像變成了他的個人演唱會。

臺下居然有人喊：「再來一首！」

遲曜這時已經彈完了，音樂聲消失，在片刻寧靜裡，他手垂下，湊近直立式麥克風，居然破天荒隔空回應：「別喊了，來不了。」

「只學了這首，誰還想聽，讓他上來自己彈。」

聽到這話，臺下觀眾和準備入場的主持人都忍不住笑了。

遲曜下場後，陳琳邊鼓掌邊說：「彈得還不錯欸。」

林折夏已經放下手機。

她做賊似的，把手機反過來扣在膝蓋上。

並在心裡暗戳戳祈禱誰也沒有看到她剛才偷拍的舉動。

陳琳又問：「妳以前聽過他唱歌嗎？沒想到他唱歌居然還挺好聽的。」

林折夏「啊」了一聲，說：「聽過，但次數不多。」

陳琳表示這個回答在意料之中：「也是，像他這種人，看起來也不是會喜歡唱歌的性格。」

林折夏順著陳琳的話，想到以前。

記憶中她第一次聽遲曜唱歌，是剛上國中的事情了。

那年何陽生日，為了展現自己「國中生」的尊貴身分，生日帶著他們去了KTV，那也是她第一次不在家長的帶領下出入這種場合。

那天大家玩得很開心，所有人都唱了歌，尤其是她，霸著麥克風連唱好幾首。

最後不知道是誰喊：「——曜哥是不是還沒唱啊。」
包廂裡沒開燈，光線和現在的觀眾席一樣暗。
國中時候的遲曜坐在角落，拒絕道：「不唱。」
何陽學著電影裡的臺詞：「我今天生日，你不給我面子。」
遲曜掀起眼皮：「所以呢？」
遲曜：「你有本事就打我吧。」
何陽：「……」
雖然這人很欠揍，但這個時候的何陽，已經漸漸不再是遲曜的對手。
林折夏想到這裡，又想起來那天遲曜最後還是唱了歌，唱的是一首當年很流行的歌。
她坐在包廂裡的沙發上，冒出來的第一個念頭是：原來遲曜唱歌那麼好聽。
不過最後他為什麼又唱了？
她不記得具體原因了。
只記得她最後也混在人群裡喊：「唱一個嘛，認識這麼久，還沒聽過你唱歌。」
一班的彈唱節目結束後，後面還有三五個節目。
校慶最後，主持人謝幕。
散場的時候已經臨近傍晚，各班老師匆匆忙忙趕回班裡安排當天的作業，林折夏收拾完書包，被趕來的遲曜和徐庭攔下。

林折夏：「你們來幹嘛？」

遲曜掃了徐庭一眼。

徐庭：「就妳一個？妳那兩個朋友呢，要不要一起去吃個飯，我快餓死了，午飯都沒時間吃。」

林折夏摸了摸肚子。

她們為了提前去後臺準備，中午吃的確實也不多，於是答應下來。

時間也不早了，幾人隨便找了家麵館吃飯。

「你吃什麼，」林折夏翻著菜單，「有你喜歡吃的蘇式麵。」

林折夏說完，注意到遲曜還沒把演出服換下來，襯衫外面套了件校服。

——這副樣子看起來像是剛從舞臺上跑下來似的。

規則和失序碰撞，莫名有種強烈反差。

他往後靠了下，說：「妳點就行。」

林折夏不再看他：「那我點蘇式麵了，三鮮的，反正其他的拌麵你也不喜歡吃。」

麵很快上了。

徐庭他們開始聊今天的演出。

陳琳先提到論壇照片：「今天論壇很熱鬧，好多圖樓。」

徐庭喜滋滋地拿出手機：「是嗎，我要去看看。」

十分鐘後。

徐庭喝著美粒果，卻像喝多了一樣大喊：「為什麼！！！沒有人拍我！！！！」

「就連林少都有人偷拍，唯獨沒有我！！！」

莫名被戳的林折夏：「什麼叫『就連』。」

徐庭繼續哀號：「那麼多圖片，居然一張都不屬於我，我在論壇上根本就查無此人，連姓名都沒有留下。」

「不對，還是有一則的，這則留言寫的是『徐亭和遲曜關係很好嗎』，徐庭的庭還打錯了。」

林折夏看了他的手機一眼，還真的看到一張自己的照片。

有人拍了一張她拿著稿子的照片，說了句：『七班林折夏，長得還挺純。』

她不太適應這種關注，只覺得尷尬，於是忽略自己那則往下看。

後面的發言大部分都和遲曜有關。

『殺瘋了。』

『頂著這張臉，這種性格，居然唱情歌，也太犯規了。』

『好多人都偷拍了，我也來貢獻一張。』

林折夏看到「偷拍」這兩個字，有點心虛，忍不住瞥了自己的手機一眼。

徐庭察覺到她在看手機，把話題轉到她身上：「我們的節目妳拍了嗎？」

林折夏急忙否認：「我當然沒拍。」

她又說：「誰要拍啊，不就是個節目嗎，我當然沒有拍了。」

徐庭失落：「所以！我真的！！一張照片都沒有留下來！！！」

「……」

最後還是遲曜打破局面：「說完沒。」

林折夏想徹底繞開「偷拍」，於是主動開啟一個新話題：「對了，歌是誰挑的啊？」

徐庭正在化悲憤為食欲，塞了滿嘴的麵。

林折夏又說：「歌名還挺好聽的。」

徐庭嘴裡塞太滿，說不出話，只能發出「唔唔」聲。

「唔唔唔。」

「……你把麵嚥下去再說話吧。」

徐庭好不容易把麵吞下去，正要回答，冷不防被遲曜踹了一下椅腳：「你不是有東西要買嗎？」

他完全沒有意識到林折夏和遲曜兩個人都在莫名其妙轉移話題：「是啊，可是我現在在吃飯。」

遲曜：「你已經吃得差不多了。」

徐庭盯著自己的飯碗：「我……」

遲曜看著他。

過了一下，徐庭說：「好吧，我先去買，免得等下忘記。」

「他要買什麼？」

徐庭走後，林折夏因為剛逃避話題，語調有點不自然地問。

因為她自己心虛，所以她沒發現遲曜其實也有些不自然。

遲曜握著筷子：「卸妝巾。」

「……」

「他那眉毛，」林折夏難以理解，「還得特地卸一下嗎。」

等徐庭買完東西回來，飯桌上的話題已經換了兩輪。

林折夏只是單純為了轉移話題問的，所以就連她本人也沒注意到剛才那個問題，還沒有得到答覆。

徐庭出去轉了一圈，也早就忘了，又拿起筷子繼續吃飯。

直到幾人結帳，各自回家，徐庭才在車上想起來自己有句話還沒說。

——那是遲曜，破天荒，主動，挑的歌。

當時他選了幾首比較酷炫的。

都被遲曜以「太複雜，沒時間學」為由拒絕。

最後某天晚上突然甩了個音樂網址過來給他，一聽，居然是首情歌。

算了，情歌確實學起來比較容易。

徐庭很快把這個問題拋之腦後，繼續沉浸在自己居然沒有被人拍照的悲痛中。

林折夏總覺得今天過得很沒有實感。

也許是因為舞臺上的遲曜過於耀眼，也許，是歌有點特別。

晚上她躺在床上，半天沒睡著。

她縮在被子裡，滑開手機，點開那張照片，怕之後被人發現，於是又發了個僅自己可見的動態想把這張照片留存下來。

照片上的遲曜看起來有點遙遠，光源太強，輪廓邊緣暈出一些光線。

她想了想，在文案裡敲下五個字：『仲夏夜的風。』

第十六章　擁抱

每當季節輪換之際，時間總是過得格外快。

從某天開始，寒意褪去，乾枯的樹枝重新長出綠芽，整座城市鶯飛草長，隨後一陣有點熱的風忽地席捲而來，又快要入夏了。

唐書萱因為學長要畢業，所以每天都掐著手算日期：「馬上就要到五月份了，他們六月份升學考。」

陳琳對她說：「妳還是多想想明年六月妳自己升學考的事吧。」

唐書萱：「妳這種沒有心上人的人，是不會懂的。」

林折夏在寫課後作業，她偷偷拿出桌子抽屜裡的手機看了眼時間：「今天都四月三十號了啊。」

唐書萱：「對呀，總覺得時間過得好快。」

林折夏的手機日曆裡，有幾個特別標注出來的日期。

分別是林荷、魏平，還有遲曜的生日。

她和遲曜的生日靠得很近，都在夏天。

遲曜比她大一個多月，生日是五月初夏。她自己的生日則在六月份，也正是因為六月，所以出生那天，林荷幫她取了個和「夏」相關的名字。

因為離得近，每年過生日的時候她總覺得好像是和遲曜一起過的。

馬上就要到五月了，也就是說……

林折夏看著日曆上被圈起來的日期心想，遲曜今年的生日快到了。

十八歲的生日。

一個很特別，也很重要的生日。

林折夏接下來好幾天都在琢磨要怎麼幫遲曜過生日。

「遲曜要過生日啦？」唐書萱聽說之後幫她出主意，「幫他辦個生日趴？」

「禮物什麼的，男生應該會比較喜歡遊戲機，妳要不要考慮一下。」

「而且他不是喜歡物理嗎。」

唐書萱提了一堆建議，都被林折夏否決：「都不行。」

唐書萱：「為什麼？」

林折夏：「我跟他認識那麼多年，妳說的這些我都送過了，不只是遊戲機，物理書，甚至還送過代表友情的不鏽鋼。」

「不鏽鋼……他什麼反應啊……」

林折夏回想起那一年：「他叫我退貨，要不然他就退掉我這個朋友。」

「……」

就是因為過過太多次生日了，所以想把今年過得特別一點才那麼困難。

林折夏最後嘆口氣，說：「我再想想吧。」

晚上，她試圖去探遲曜的口風。

她拍了拍那個貓貓頭，打字：『遲曜，你最近過得怎麼樣。』

遲曜回得很快。

『？』

林折夏解釋：『我就是來關心一下你。』

遲曜回了兩則。

『找本字典，翻一下。』

『查查「最近」這兩個字的意思。』

林折夏：『……』

好像沒辦法從遲曜這裡入手，她打算曲線救國，於是又去戳何陽。

林折夏：『大壯大壯。』

大壯：『怎麼？』

林折夏慢吞吞地打字：『你最近一直跟遲曜待在一起，有沒有發現什麼情況，比如說，發現他喜歡什麼類型的……』

她想打「禮物」。

但是輸入法有自動聯想，她又手快，等她反應過來，一句「他喜歡什麼類型的女生」已經躺在兩人的聊天紀錄裡了。

雖然這個問題確實是她一度很想問，但又沒辦法問出口的。

但她明明想打的是禮物，怎麼會變成這句話。

林折夏感覺手機有點燙手。

她趕緊祈禱何陽沒看見，打算收回，但在收回前，聊天畫面最上方已經出現一行字：對方正在輸入。

林折夏絕望地閉上眼。

一切都已經晚了。

何陽已經看到了。

她完了。

怎麼辦，說自己打錯了？

可是又真的很好奇答案。

這個她沒辦法和遲曜正面提及的問題，或許能從何陽嘴裡得到答案。

正當林折夏又期待又猶豫的時候，何陽的訊息傳了過來。

她去看聊天畫面的時候，心跳很快。

大壯：『這個還真沒聽他說起過。』

大壯：『唉，想那些幹什麼。』

大壯：『反正以他的說話水準，應該一輩子單身也不是什麼問題吧。』

林折夏的心跳有點快不起來了：『……』

最後，她也只能回覆兩個字：『確實。』

大壯：『不過妳為什麼忽然這麼問？』

林折夏：『……』

林折夏：『因為……』

她有點緊張地胡亂打著字，最後傳出去一句：『因為我也在擔心他這輩子可能找不到女朋友這件事。』

……她、在、說、什麼啊。

好在大壯這個人平時很習慣跟她私下吐槽遲曜：『兄弟，妳的擔憂，我很能理解。』

林折夏：『你能理解就好。』

她跟何陽聊完天後實在撐不住，眼睛逐漸闔上。

由於她和遲曜的生日快到了。

在失去意識前的那一秒，她在想：十八歲，她和遲曜的十八歲，會是什麼樣子？

在大人和小孩的世界裡，都認為十八歲是一個很特別的年紀。可為什麼十八歲很特別，成年和未成年之間又有怎樣的區別，即將步入十八歲的林折夏暫時還回答不出這個問題。

第二天是週六。

林折夏打算直接去遲曜家裡打探情況，看看他有沒有缺什麼。並且，她也有點好奇遲曜會買什麼禮物給她。

「你這個是什麼。」進屋後，林折夏注意到遲曜桌上多了樣東西。

「VR眼鏡，何陽的。」

「哦。」

林折夏又裝作若無其事地問：「你覺得好玩嗎？」

遲曜人在臥室，聲音從臥室裡傳出來：「還行，怎麼了？」

「我就問問。」

林折夏掂量著她那點私藏的壓歲錢，心說反正這東西她也買不起。

林折夏在客廳轉了一圈，沒什麼收穫，於是又問：「你在房間裡幹嘛？」

「換衣服，」說話間，臥室門總算開了，遲曜倚在門口，「不在房間裡，難道妳想看我在客廳換？」

遲曜這句未經思索脫口而出的話讓兩人都愣了下。

氣氛變得詭異且尷尬起來。

雖然她和遲曜平時說話也經常互相開玩笑，但這句玩笑，顯然有點過近了。

好像不知道從什麼時候起，兩人之間的話題，不再像兒時那樣，有時會失了分寸。

林折夏裝作無所謂地說：「又不是沒看過，有什麼好看的。」

遲曜也恢復常態，冷淡地說：「有腹肌。」

「……」

過了一下，兩人坐在沙發上看電影。

客廳的燈關了，只剩投影機的光打在兩人身上。

林折夏忽然說：「你手機借我，我想點杯柳橙汁。」

遲曜：「妳手機呢？」

「我手機沒電了。」

「沒電就去充電。」

「我充電線壞了。」

「……」

兩人認識太久，林折夏那點心思，遲曜瞭若指掌。

「想看我手機購物車，」遲曜側過頭，說：「妳怎麼不乾脆直接問我今年生日禮物買了什麼給妳。」

林折夏順著他的話問：「……既然你都這樣說了，那我直接問了，你買了什麼禮物給我？」

遲曜：「不告訴妳。」

林折夏在心裡翻了個白眼。

兩個人一整個上午都很注重不讓對方看自己手機，怕被發現買給對方的禮物，也防止對方拿自己手機偷查搜尋引擎。偷查這種事小時候林折夏因為迫不及待想知道禮物，偷偷幹過一次。

電影內容過半，林折夏以為遲曜已經忘了剛才的事情。

她低頭瞥了沙發一眼，發現遲曜的手機就放在旁邊。

偷偷看一下，應該沒什麼事吧。

而且這也是為了買禮物給他。

她這樣想著，手已經先行一步，她手指小心翼翼地攀上遲曜的手機邊緣，然後手指用力，把手機一點點勾過來。

她和遲曜之間，除了她喜歡他這個祕密以外，再沒有任何祕密。

兩個人的手機密碼、甚至支付密碼互相都知道。

最初遲曜告訴她手機密碼，還是因為剛升國中的時候林荷不肯買手機給她。當時班裡流行某款時下熱門的手機遊戲，遲曜嫌遊戲幼稚，但還是把遊戲下載好，週末借給她玩。

週一到週五，林折夏都會提醒他：「不要忘記上線幫我領一下精力，還要簽到，如果你有空的話，最好再幫我做一下每日任務。」

那時候的遲曜對著那款萌寵養成遊戲一臉嫌棄：「自己過來領。」

林折夏：「不行，我如果不寫作業總往你家跑，我媽會罵我的。」

「妳叫我幫妳，就不怕我罵妳。」

「你不會罵我的，」那時的林折夏笑著說：「你就算罵我，最後也還是會幫我領。」

遲曜走在她前面，沒有說話。

後來林折夏對遊戲的熱度過去，帳號基本都是遲曜在管。

他替她領取了很長一段時間的精力，才發現林折夏早已經把這款遊戲拋之腦後了。

林折夏想到這段往事，把手機勾過來之後，試探著按下那串熟記於心的數字。

下一秒，螢幕成功解鎖。

林折夏正想順勢點進某個橘黃色的購物APP，手忽地被人按住。

客廳光線微弱，投影上的畫面也暗下去片刻，遲曜的聲音和按在她手背上的溫熱掌心被短暫放大：「膽小鬼，今天膽子倒是挺大。」

「……」

林折夏被燙到似的抽回手，同時往旁邊坐了點，說：「你不是在看電影嗎。」

「而且，你密碼都不換的嗎？」

「懶得換。」

遲曜把手機放到另一邊，又說：「而且妳那腦子，換了妳也記不住。」

她和遲曜之間那種奇怪的氣氛不知不覺間又轉回來了。

是因為喜歡嗎。

因為她喜歡他，所以容易多想。

「為什麼。」林折夏忽然問。

在那種奇怪氣氛的引領下，她沒有思考的餘地，很想衝動地問「為什麼要我記住」。

「我是說，你為什麼會覺得我有那麼笨，」但她做不到不思考，又把話繞開，「一串數字而已，你才記不住。」

林折夏最後回到家，想了半天，在網路上查到有手工蛋糕店，決定送一個親手製作的蛋糕給遲曜。

她在網路上預約了製作時間。

五月六日，遲曜生日的前一天。

五月，春天過去，進入初夏，天氣不知不覺間開始變熱。

林折夏花了一個下午的時間親手做蛋糕，速度很慢，好在出來之後效果不錯。

她打算今天晚上掐著十二點整端著蛋糕去遲曜家給他一個「驚喜」。

手工蛋糕店老闆幫她把蛋糕用禮盒包了起來，她另外要了一張卡片，衣服上沾了點奶油，趴在操作臺前面寫生日祝福。

她一筆一劃地寫下遲曜的名字，然後寫：祝你心想事成，每天開心。希望你今後在做任何事的時候，都有用不完的勇氣。

走之前，蛋糕店老闆追到門口：「小妹妹，不好意思啊，我忘記把蠟燭和打火機給妳了。」

林折夏看了手裡繫著紅色絲帶的蛋糕盒一眼，一時間找不到地方放，有點為難。

好在她今天穿了件外套，外套口袋很大。

而且蠟燭和打火機裝在小包裝袋裡，剛好能塞下。

「沒關係，」她說：「我塞口袋裡就行。」

回去社區的路上，林折夏在過馬路的時候留意到社區對面似乎又有人聚集在那。

她掃了一眼，覺得說不出的眼熟。

在十八歲之前，她以為人生就是一條簡單的直線。

她會繼續就這樣在無憂無慮的、簡單的直線中悄然長大。

即使這條直線中，也會發生一些小小的意外，比如說，她對遲曜那份進退失據的「喜歡」。

但當時的她以為，她會和南巷街的這群夥伴，以及遲曜一直這樣生活下去。

林折夏拎著蛋糕到家時，林荷被她嚇一跳：「妳跑去哪裡了，也不說一聲。」

「遲曜生日，我去幫他做蛋糕。」

「媽，妳就當沒看見吧，」林折夏又說：「我要給他一個驚喜。」

林荷：「哦對，妳不提我差點忘了，我和妳魏叔叔也買了禮物給他，妳等著，我去拿給妳。」

林折夏接過禮品盒。

心說，遲曜在他們家的待遇，有時候比她還好。

林荷又忍不住說：「我怕我們當面送給他，他不好意思收。妳說這孩子也真是的，十八歲生日這麼重要的日子，他爸媽也沒說要回來跟他一起過……」

林荷說完，又忙著收拾衛生去了。

但林荷隨口說的話，卻讓林折夏有了一點想法。

可能……

對遲曜來說，最好的生日禮物不是別的。

而是見到他爸媽吧。

林折夏這樣想著，心底某個念頭越演越烈。

但她並沒有遲曜父母的聯絡方式，林荷聯絡人清單裡有。

林折夏從來不會隨意動林荷手機，但這天，她還是趁林荷不注意，偷翻起她的手機，翻出了遲曜爸媽的電話號碼。

第一次幹這種「壞事」，她有點忐忑。

記下手機號碼後，她躲進洗手間裡準備打電話。

她其實有點怕，她跟遲曜爸媽並不熟，而且那兩個人性格也實在稱不上好相處。

第一通電話，她打給的是遲曜的媽媽。

但遲曜媽媽電話沒接通。

忙線音消失後，她撥了另一個號碼。

「嘟——」

林折夏等了很久，「嘟」聲頻率幾乎和她的心跳同步。

十幾秒後，電話被遲寒山接起。

林折夏正要喊「遲叔叔」，對面聲音很雜亂，他崩潰似地喊著：『別打來了！你們再催我也沒用！』

『發生這樣的事情我們也沒想到，你得給我們一點時間處理。』

『是還差一些，我們知道，這次肯定會還上的。』

「……」

林折夏愣了，不敢說話。

嘴裡那句「遲叔叔」卡在喉嚨裡，直到遲寒山掛斷電話，都沒能說出來。

她不知道具體發生了什麼事。

但她知道，發生的一定是不太好的事情。

她手腳有些發涼，右眼皮不受控制地跳了兩下。

有一瞬間她好像什麼都聽不到了，一段時間後，一些細碎的聲音才緩緩從洗手間外傳進來。

是林荷在外面和魏平說話：「天氣預報說晚上可能會下雨，雨還挺大，你等等出去記得帶傘。」

『氣象臺繼續發布暴雨藍色預警——』

『民眾需關注強降雨可能引發的一連串問題，及時關注天氣變化，合理安排出行。』

遲曜從廚房出來，一隻手拎著黑色塑膠袋，微微彎下腰，俯身去按沙發上的電視遙控器。

微弱的「啪嗒」聲之後，電視聲戛然而止。

他拿著手機，手機頁面上，是一份生日計畫。

一份準備給林折夏的生日計畫。

他其實不太在意自己的生日，比起他自己的生日，他更在意六月份那個日期。

遲曜低頭看手機，拎著黑色垃圾袋出門。扔完垃圾之後，面前的去路忽然被人攔住。

幾個人闖入視線。

這個時間，垃圾站這裡幾乎沒有什麼人。

因為要下雨的緣故，天也變得更暗。

攔住他的那個人，這個人身後還跟了幾個人。但那群人沒有上前，只是在後面站著。

遲曜抬起眼，對上那個人的臉。

「遲曜，是叫這個名字吧，你應該見過我，」那個男人說：「畢竟，我在你們社區附近，轉了也挺長時間了。」

「轟」地一聲。

窗外開始打雷。

林折夏被雷聲嚇了一跳，有點魂不守舍。

雖然她已經不再因為被拋棄而害怕，也不再介懷以前的事，但長年累月的習慣所致，她對雷聲還是有種本能的恐懼。

「怎麼了夏夏，」林荷忙著收衣服，對她說：「過來幫我搭把手。」

林折夏應了一聲。

在幫林荷收衣服的時候，林折夏忍不住問：「媽。」

林荷：「怎麼了？」

林折夏：「問妳件事。」

「就是如果妳有一個朋友，然後妳不小心從其他地方得知，妳朋友家裡可能有點事。但妳不知道這個朋友知不知道，該不該和他說？」

林荷問：「誰啊，妳哪個朋友？」

林折夏怕她亂猜，於是說：「就是班裡一個同學，我在老師辦公室不小心聽見的，妳別問那麼多。」

「噢。」林荷沒有起疑，她想了想，摺完手裡的衣服說：「最好還是別說，人家家裡的事，妳跟著摻和什麼。而且妳這同學萬一不想被別人知道呢，要是知道妳知情，別人可能也會尷尬。」

林荷這話說得很有道理。

所以林折夏考慮再三，決定先裝不知道，從側面打探一下情況。

她傳了幾則訊息給遲曜。

『遲曜遲曜。』

『我太窮了，所以沒有準備生日禮物給你。』

『你不會怪我吧？』

『或者你轉五十給我，我現在去買也還來得及。』

她準備先說自己沒準備，這樣晚上她突然捧著蛋糕出現的時候，遲曜一定會很震驚。

但這幾則訊息傳完之後，她等了很久，遲曜都沒回。

這很反常，以往遲曜不會隔那麼久不回她訊息。

『你兩個小時都不回我訊息。』

『你在幹嘛？』

還是沒回。

林折夏又傳過去一則：『你在家嗎？』

外面雷聲越來越響。

林折夏跟林荷說了一聲，就提前把蛋糕從冰箱裡拿出來，打算直接去他家看看。

「知道了，」林荷說：「還有我和妳魏叔叔的禮物別忘了拿。」

林折夏直接用鑰匙開門，進去之後她打開客廳燈，發現遲曜家裡果然沒人。

轟隆隆——

隨著雷聲，暴雨傾注而下，雷聲不斷，雨滴像細碎的石頭，沉重且尖銳地砸下來。

雨勢在短短幾分鐘內加劇。

林折夏放下蛋糕，隱隱有種不太好的預感。

「喂，大壯，」她打了通電話給何陽，「你在幹嘛？」

何陽：『我在家啊，這麼大的雨，難不成還在外面跑步。』

林折夏繼續問：「你在家過得開心嗎？」

『……』

『在家寫作業，算不上開心。』

聽到這句，她反應過來遲曜也不在何陽家。

果不其然，何陽下一句就說：『今天曜哥生日，我斥巨資送了個新皮膚給他，不過他還沒回我訊息，去他家敲門也沒人開，這個人，怎麼過生日都那麼跩。』

何陽又說：『他回妳了沒？你們現在在一起嗎，今天這麼重要的日子，需要我過去吃蛋糕嗎？』

林折夏：「訊號不太好，掛了。」

掛斷電話後，她看了牆上的掛鐘一眼，現在已經入夜。

時針轉過「九」，轉向「十」。

十八歲。

這個數字像被上帝施過魔法。

當時的他們還沒能意識到，十八歲之後，在更廣闊的人生展開的同時，人就要開始面臨更多的東西。簡單的直線開始無端變化，橫生出許多意想不到的分岔口。

大概十分鐘後，林折夏做了一個決定。

她一個人站在空蕩的房間裡，耳邊是令她恐懼的雷聲。

但此刻雷聲彷彿離她很遠。

她心裡只有一個想法：她想去找他。

哪怕外面在打雷。哪怕現在是深夜。

哪怕她根本就不知道遲曜發生了什麼事，去了哪裡。

她都要去找他。

這個念頭冒出來之後，她帶上立在玄關邊的雨傘，義無反顧走向外面那場暴雨。

深夜暴雨中的社區看起來孤零零的。

她一路穿過社區花園，走到街牌底下。

雨水在路標上不斷沖刷。

藍底白字的南巷街街牌原來在不知不覺間，已經變得老舊，和記憶的樣子略有不同。

林折夏站在街口，面前有個十字路口，她握緊了手裡的傘，一時間不知道該選那條路。手裡的傘也因為這場暴雨變得很沉，沉重地從頭頂壓下來。

這天晚上林折夏冒著雨找了很多地方。

她漫無目的，把她平時和遲曜去過的地方都找了一遍，有兩個人常去的福利社、早餐店、遊戲廳，也有她每次去每次都慘遭理髮師毒手的街邊理髮店。

「美娟理髮店」霓虹燈牌亮著，店裡生意蕭條。

林折夏剪髮運一直很差，無論怎麼和理髮師溝通，哪怕帶著高清參考圖過去，都能在理髮師的神奇腦迴路下，被剪成八竿子打不著的髮型。

所以後來她每次去理髮店都很緊張，會拉著遲曜陪她一起去。

「我陪妳去，」那時候的遲曜每次總是看著她，冷冷地說：「能改變理髮師的操作水準嗎。」

「……」

當時的林折夏拽著他的衣服不放：「雖然不能，但能讓我稍微好受點。而且，我怕我忍不住。」

遲曜：「忍不住打人？」

林折夏：「忍不住在理髮店裡哭。」

遲曜嘴裡說著「那妳哭吧」，還是會陪她去。

他會坐在理髮店角落那張紅色的單人沙發椅上，有時候等的時間長了，會蓋著衣服闔上眼睡覺。理髮店裡有隻白色的小狗，偶爾會趁遲曜睡覺咬一下他的褲管。

有次遲曜還因為睡姿過於囂張，被等待剪頭的大媽當成理髮店學徒：「小夥子，我想洗個頭。」

遲曜把蓋在臉上的衣服拽下來：「……洗頭找店員。」

燙著紅色羊毛捲的大媽：「你不就是店員嗎？」

遲曜：「……」

林折夏那天剪的頭髮還是搞砸了，但是沒時間難過，聽到這段對話沒忍住爆笑出聲。

「叮鈴鈴——」

林折夏匆匆忙忙推開理髮店的門，推門時，門上吊飾響了幾聲。

她掃了在裡面彎腰掃地的理髮師一眼，還有那張空置沒人坐的沙發椅。

不再像記憶裡那樣年輕的男理髮師直起腰，一眼認出她：「這不是小夏嗎，來剪頭？」

林折夏：「不剪頭，我就來看看，打擾了，美娟。」

「說了多少次了，我不叫美娟！妳不要因為這家店叫美娟理髮就整天覺得我叫美娟，這是我媽的名字，」理髮師在她背後跳腳，「我有自己的名字，我叫 Daniel——丹尼爾！」

林折夏走之前發現店裡養的狗不見了：「狗狗呢？」

理髮師掃地的手一頓：「走啦，都多少年了，牠也老了，帶牠出去散兩步就大喘氣，前兩個月走了。」

最後她找到遲曜的地方，是在公園湖邊。

那個她從小到大，每次遇到事情之後，就喜歡過去躲一躲的地方。

其實這是她能想到的最後一個地方。

如果再找不到遲曜，她也不知道該去哪裡找他了。

好在她走到湖邊，遠遠就看到一道有些模糊但熟悉的身影。熟悉到，她只看頭髮絲就能認出來。

長椅附近有遮擋物，但雨勢太大。

少年渾身還是被雨打濕，連頭髮絲都是濕的，身上那件單薄的休閒外套也被打濕一大片，他一條腿屈著，踩在長椅邊緣。很像一隻不服管教的、流落街頭被雨淋濕的某種動物。

「……」

遲曜垂著眼，頭頂忽然出現一把雨傘。

林折夏舉著傘，傘身往他那個方向傾斜過去，遮住了從上方漏下來的雨水。

雨水打在傘面上，發出「啪嗒」聲。

他在一片迷濛的雨裡，看見喘著氣、也同樣有點狼狽的林折夏。

「原來你在這裡，」林折夏提起來的心終於在見到他的那一刻落了下去，她撐著傘說：「我還以為……還以為你出了什麼事，怕找不到你。」

遲曜似乎沒想到她會出現在這裡，他有些驚訝地抬眼看她，看了她很久，喉結微動，最後還是什麼也沒說。

街邊無數燈光被雨暈開。

他透過朦朧的光線，看到女孩子搭在傘柄上的手，還有纖細瘦弱的手腕，再往上，是她那雙明亮的眼睛。

遲曜睫毛上都沾著雨水，他眨了下眼睛：「妳怎麼來了？」

「我傳訊息給你，你沒回。」林折夏說：「我就去你家看了眼。」

遲曜聞言，看了放在旁邊的手機一眼，吐出兩個字：「回了。」

「？」

「訊息。」遲曜解釋，「應該是訊號不好，沒傳出去。」

林折夏愣了下：「你回我了嗎，回了什麼？」

「騙妳說我去我爸媽那。」

遲曜說「騙妳」的時候沒有半點不好意思，他知道今天他生日，林折夏肯定會找他，除了用這個當幌子，否則很難避開她。說完他伸手把手機撈過來，擺弄了下又說：「沒來得及等回覆，手機沒電了。」

他還想說「妳的訊息，怎麼可能不回」，但這句話實在太曖昧。這幾個字在心裡轉了下，最終還是沒能說出口。

持續一兩個小時的暴雨，雨勢終於開始減弱。

林折夏不知道該不該往下問，猶豫了一下，想著如果遲曜不主動說，她就不問。他們之間，可以不需要太多的解釋和闡述。

於是她說：「你上次還好意思說我，我看你症狀比我嚴重多了。下雨天出門不帶傘，大半夜坐在這淋雨——你就不能換個能躲雨的地方嗎。」

是啊，怎麼就來了這裡。

遲曜想。

這個林折夏的祕密基地，不知道什麼時候也成了他下意識躲藏的地方。

從被那幫人攔下開始，他所做的一連串行為，對他來說都很反常。

遲曜扯了下衣領，雨水沿著下顎，一路落進衣領裡。

——你是遲曜吧。

——遲寒山的兒子？

——找你也沒別的，就是你家出了點事，我呢，不想看他日子太好過，提前跟你碰碰面。畢竟如果你爸欠我的錢還不上，我們以後可能就要經常見面了。

——哦，對了，你媽因為這事病倒了，你應該也還不知道吧？我好心告訴你，你還得謝謝我。

當時他面對這群人，一下回想到兩個多月前，公車上遲寒山那則收回的訊息，以及那通當時感覺莫名其妙的電話。

——「自己在家注意安全，遇到陌生人別隨便和人說話……」

「說完了嗎？」他記得自己當時說了這幾個字，「說完的話，你們可以走了。」

對面那群人倒是愣了，他們以為面前這個不過十七歲的孩子會驚訝，會亂了方寸，沒想到換來的是這兩句話：「你小子倒是挺鎮定。」

遲曜手指微微屈起，沒怎麼暴露情緒地說：「具體情況我會自己去了解。」

「該面對的，我也不會躲。」

「家裡出了點事，」遲曜也沒打算瞞著她，但略過了具體內容，自嘲地說：「有一段時間了。」

他說了「該面對」。

但對此刻的他來說：「面對」並不是一件很容易的事。

林折夏說：「叔叔阿姨應該是怕影響你上課。」

「家長嘛，都是這樣的，我媽和魏叔叔平時如果工作上遇到什麼事情，肯定也不會告訴我。在他們眼裡，我不管多大都是小孩子。」

林折夏不知道該說什麼，在這種時候，她顯得異常笨拙。
而且不論她說什麼，好像也不能實際解決問題。
除了想陪著他以外，林折夏想不到其他辦法。
而且，小孩子這個詞，似乎從這天晚上開始，逐漸離他們遠去了。
小孩子總要長大。
隔了一下，林折夏問他：「遲曜，你冷不冷？」
「冷的話，」她又繼續說：「大哥的外套也可以借你穿。」
遲曜被雨淋了也很少會給人狼狽感，他看起來還是那個很驕傲的遲曜：「用不著。」
林折夏小心翼翼地接過他的話：「……因為，你就想凹這種被雨淋濕的帥氣姿勢？」
她緊接著說：「你的包袱，是真的很重。」
「別說沒事，上次你回去就感冒了。」
「……」
這番熟悉的對話，讓人一下回到高一寒假。
那個冬天，也是相同的位置，穿著單薄毛衣的遲曜把外套讓給她，強撐著說自己這樣比較帥。
氣氛因為這番話鬆弛下來。
遲曜似乎被她逗笑，一隻手撐在長椅邊沿，微微側過頭，輕嗤了一聲。

說話間，林折夏想到一件很重要的事情：「現在幾點了？」

遲曜提醒：「我手機沒電。」

她手忙腳亂地去掏自己的手機，按亮螢幕，看見螢幕上顯示「十一點五十八」。

「馬上十二點了。」她有點著急地說。

「十二點怎麼了。」

「你生日啊！我想卡在十二點送生日祝福給你的。」

還有兩分鐘就過十二點，她的十二點計畫完全被打亂。

本來計畫裡，她應該卡著時間，送蛋糕給遲曜。

但現在蛋糕也不在身邊，她和遲曜甚至還在外面淋雨。

林折夏正在想怎麼辦，她把手機塞回口袋裡的時候，意外摸到了一個邊緣有點硬的東西，還隔著光滑的塑膠膜。

過了兩秒，她想起來，是下午蛋糕店老闆忘記放進禮盒裡，追出來給她的那包蠟燭和打火機。

「我有辦法了，」林折夏把手裡那把傘塞進遲曜手裡，「你拿一下。」

遲曜坐著接過傘。

他手上沾著雨水，骨節屈起，不動聲色地高舉著傘，將傘面傾向她。

「怎麼，又要變魔術？」

林折夏以前某一年幫他過生日的時候，特地去學過一個蹩腳的魔術。

那個魔術叫憑空變玫瑰花。

雖然那天她的魔術變得狀況百出，玫瑰花也沒有憑空出現，最後從她袖子裡滑了出來。

林折夏也想起那段被遺忘的黑歷史，說：「這次的魔術肯定不會失敗，你看好了。」

說完，她把蠟燭和打火機從口袋裡拿出來。

「啪嗒」一聲後，漆黑的雨夜裡，意外躥出一抹微弱的光。

「遲曜，十八歲生日快樂。」

「本來還準備了蛋糕給你的，蛋糕就只能等你回家再切了——不過好在，不用蛋糕也可以許願，」林折夏舉著那根正在努力燃燒的蠟燭，催促，「你快點許願。」

「生日這天許的願望，是最靈驗的。」她又強調。

傘有點小，風從周遭吹過來。

遲曜看著燭光，愣了下：「妳哪來的蠟燭。」

林折夏：「這是魔術師的祕密。」

遲曜又看了她一眼。

她不再胡扯，老實交代：「我走的時候，老闆差點忘記給我，我只能塞口袋裡。」

雨還在下，遲曜眼底被光點亮一瞬。

他看著眼前這點雨夜裡彷彿能驅散黑暗的燭光，以及女孩子被光勾勒出的清秀輪廓。

在林折夏來之前，這幾個小時的時間對他來說很空白。

她來之後，時間才開始繼續流轉。

林折夏怕蠟燭被風吹滅，提醒他：「許願要閉眼。」

遲曜喉結微動，然後閉上眼。

在這一刻，他很難去想自己有什麼「願望」。

他跌入一種明明什麼都沒有，但卻被所有事物包圍的奇妙幻覺裡。這根蠟燭帶來的些許溫度，綿軟又溫暖地，抵抗住了狂風驟雨。憑空給了他一種無論發生什麼，都可以去試著面對的勇氣。

「你許完了嗎？」林折夏問。

遲曜輕聲應了聲。

「許了什麼願？」她又問。

問完，她反應過來：「不對，生日願望不可以說出來，你別……」

別告訴我了。

她話還沒說完，遲曜睜開眼，叫了一聲她的名字：「林折夏。」

在他睜眼的同時，蠟燭剛好熄滅。

「讓我抱一下。」

林折夏還沒反應過來。

遲曜已經用另一隻手，去拉她的手。

少年沾著雨水的濕漉漉的手稍微用了點力，由於遲曜是坐著的，所以林折夏幾乎直接向下跌進他懷裡——

「啪」地一聲，雨傘墜地。

雨水沒了遮蔽物，直接落下來，冰冰涼涼地落在頭頂，但那股涼意很快被從對方身上傳過來的體溫擾亂。

林折夏一隻手撐在長椅邊沿，整個人都很愣，耳邊除了雨落下的聲音，還有若隱若現的不知道誰的心跳聲。

可能是她的。

也可能是遲曜的。

她不知道這個「抱一下」是什麼意思。

正常來說，應該理解成遲曜家裡出事，現在很脆弱，需要朋友。

但是他說這話的時機，又剛好是許願之後。

就好像……

讓他抱一下，就是他今年的生日願望了。

他們現在的距離有點太近。

雖然一直以來都很熟，而且擁抱也不是什麼過分親密的舉動。朋友之間友善地抱一下……很正常。

林折夏不敢多想。

「你……」半晌，林折夏說：「要抱多久啊。」

遲曜的頭低垂著，削瘦的下巴埋進她脖頸裡，頭髮和鼻尖偶爾蹭在她脖子上，聲音有點不清晰地說：「再一下。」

一下，又是多久。

林折夏心跳很快。

她由於羞怯，希望這個擁抱快點結束，但又希望這個擁抱的時間，能再長一些。

過了一下。

「一下到了嗎？」她問。

「還沒。」遲曜回答。

「……」

第十七章 十八歲

最後這個擁抱的結束時間，是在十二點十四分，林折夏能記那麼精確的原因，是因為林荷在這個時間打來了一通電話。

『夏夏，幾點了，生日過完沒？』

『快點回家，外面下那麼大雨，』林荷在電話對面說著，又忍不住起疑，『妳那雨聲怎麼劈里啪啦的？妳在遲曜家裡嗎？』

「啊對，我馬上就回去。」

林折夏撿起傘，慌亂地說：「馬上就回。」

由於林荷催促，林折夏也不能陪他回家切蛋糕了，於是在公寓門口分開之前，她特地強調：「你回去之後一定要吃蛋糕，這個蛋糕可是我……可是我花大價錢買的。」

遲曜說：「知道了。」

說完，他又說：「妳淋了雨，快進去。」

遲曜撐著傘，目送她進公寓，然後回到家，第一時間不是去浴室把渾身濕透的衣服換下來，而是開了燈走向客廳，客廳中央的茶几上，擺著一個蛋糕禮盒。

他解開絲帶，一眼就看出林折夏嘴裡這個「花高價」買的蛋糕，是她自己親手做的。

世界上哪有把蛋糕上的「生日快樂」這四個字寫得那麼扭曲的「高價」蛋糕。

他仔仔細細地把蛋糕切下來，然後坐在地上一口一口地吃著。

偶爾還會有雨水匯聚在下顎處，順著下顎線條緩緩淹沒進衣領裡面。

他一邊吃，一邊去看旁邊的那張卡片。

林折夏寫字從國中起就沒再變過。

字體圓鈍，秀氣工整。

「祝你心想事成，每天開心。希望你今後在做任何事的時候，都有用不完的勇氣。」

他記得有次何陽嘲笑她這是「幼稚園」字體，氣得她連夜下單了一套草書字帖，說要把字練得狂野奔放一點，讓何陽知道知道什麼叫成熟。

最後因為期中考試被扣了五分卷面分，計畫作廢。

遲曜這樣想著，把這行字反反覆覆看了好幾遍。

彷彿要將這兩行字極其鄭重地，妥善安放在記憶最深處。

他把整個蛋糕都吃完後，滑開手機，傳一句話給遲寒山：『我明天過去一趟。』

因為昨晚發生太多事，折騰到半夜，又淋了雨，林折夏第二天睡過頭。

等她爬起來看時間的時候，已經是中午十一點半。

她滑開手機，看到遲某傳給她的幾則訊息。

一則是：『蛋糕還不錯。』

另兩則：『我今天不在。』

『要去我家自己開門進。』

林折夏看著這句「我今天不在」，猜到遲曜大概是去見他爸媽了。

「媽，」中午吃飯時，林折夏問，「遲叔叔他們的公司在哪個城市？」

林荷一邊盛飯一邊問：「在……好像在京市吧，怎麼忽然想起來問這個？」

林折夏地理不好，小時候聽過一句，但沒在意：「就是隨口問問。」

但她地理再不好，也知道京市，離這裡很遠很遠，比去海城市還遠。

往返要耽誤兩天時間。

且那邊因為地勢原因，可供開發的資源比這裡多，對工廠的發展也更有利。

也正因為這樣，所以遲曜父母很少回來。

林折夏對這幾天的記憶感到模糊，或許是因為遲曜不在。第二天是週一要上學，但遲曜沒能趕回來，又多請了兩天假。

遲曜不在的日子，過得格外沒有記憶點。

放學的時候，何陽特地傳來訊息給她。

大壯：『夏哥，我今天坐兩站路過去找妳放學哈。』

林折夏：『？』

大壯：『你很閒？』

大壯：『……』

大壯：『曜哥說的。』

大壯：『我也不想去。』

林折夏愣了下。

遲曜這個人，不當狗的時候，還是很細心的。

她再見到遲曜的時候，是次日放學，她和何陽一起走，何陽一路上都在聊自己學校的事，偶爾還會提到遲曜：「煩死我了，上次運動會，搞什麼合併比賽，什麼友誼賽。」

「現在我何陽在實驗附中已經痛失姓名，成了『隔壁學校那個很帥的人的朋友』。」

林折夏：「哦。」

何陽：「妳可別哦了，妳這個語氣讓我分分鐘想到曜哥。」

說到這裡，何陽又感慨：「妳有沒有發現，你們有時候意外的挺像對方的。不光是妳，有時候曜哥說話也很有妳的風格，比如冷著一張臉胡扯的時候。」

林折夏沒有意識到這點：「……有嗎？」

她和何陽聊著，有點出神，然後遠遠地，就看到從停在社區門口的計程車上下來的遲曜。

遲曜背了一個黑色的包，戴著口罩，後背挺得筆直，腿也被拉得又長又直。

「遲曜，」她扔下何陽，一路跑過去，「你回來了。」

遲曜隔著口罩「嗯」了一聲。

只是一聲「嗯」，她察覺到遲曜心情似乎不太好。

她跟在遲曜身後，一路想跟著他進屋。

走到門口時，遲曜掏鑰匙開門，然後沒有先推開門進去，而是轉過身去看她：「又想進來喝水？」

林折夏：「是有點渴。」

過了一下，她又問：「你……見到叔叔阿姨了嗎？」

遲曜難得戴口罩，大概是因為剛才車裡空氣太渾濁。

戴上口罩後眉眼被襯得更加突出，下半張臉即使掩在口罩下面，也依然能隱約窺見鼻梁和下巴的輪廓。

他抬手勾了下黑色口罩邊緣，說：「見到了。」

遲曜不記得他多久沒有見過遲寒山和白琴。

明明一個是他爸，一個是他媽，見面的時候卻好像連陌生人都不如。

兩天前，他出現在京市的時候，遲寒山來接他，問他：「你怎麼突然過來了。」

遲曜戴著口罩，站在人來人往的火車站。

直到見面，遲寒山的形象才在他印象裡變得再次清晰起來，他們長得有幾分相似，但皺紋已經爬上男人的眼角，遲寒山穿了件灰白色的襯衫，手裡拿著公事包，眼底帶著藏不住的疲倦。

遲曜看著他，把說話的速度放得很慢：「你，和我媽，最近怎麼樣？」

不出意外，遲寒山乾笑了聲，說：「挺好的。」

「挺好的。」遲曜垂下眼，重複了一遍他的回答。

再抬眼時，他說：「所以，是打算繼續瞞著我了。」

遲寒山愣住了，接著，他很快意識到，遲曜是如何知道的。

「他們找你了？」

遲曜不置可否。

遲寒山啞然：「他們明明跟我保證過不會——」

遲曜又問：「媽呢？」

遲寒山支支吾吾，有些猶豫，最後還是告訴他：「在醫院。」

遲曜的心一點點沉了下去。

在白琴沒有出現在火車站的那一刻，他隱約意識到，他們的問題可能比他想像得還要嚴重。

然後他在京都第一人民醫院的病床上見到了白琴。

女人穿著病人服，臉色很蒼白。

她靜靜地躺在那裡，不復往日冷厲的形象。

這個把工作當成全世界的女強人，第一次倒下。精神焦慮導致了一連串問題，病來如山倒，她忙碌了那麼多年，居然一下子垮了。

「剛打了一針安定，」醫生邊記錄邊說：「精神狀態很不好，盡量不要讓她再接觸工作上的事情，還有，病人現在處於胃癌進展期，但是透過手術治療的風險還是存在，這點你們要做好心理準備。」

醫生翻著手裡的檔案，又忍不住說：「你們現在的人啊——身體是最重要的，忙起來不顧身體哪行，吃飯不規律，有一餐沒一餐地吃。」

這天醫院裡很吵。

除了往來人群的聲音，醫生的，還有遲寒山的聲音。

「事情是這樣，工廠之前不是進了一批新零件，當時購買方式是貸款，我們本來想拓展一條新的生產線，沒想到進展不如預期，現在市場冷卻下來，生意不好做，資金鏈出問題……」

雖然遲寒山說得含糊，但遲曜很清楚，資金鏈出問題背後代表什麼。

這幾乎是動了命脈。

去找他的那群人肯定不是銀行的，看起來是民間借貸組織。遲寒山還不上貸款，為了延長緩衝時間，只能再去借貸，用來還之前的貸款。最後滾雪球一樣，滾出一個填不上的窟窿。

「也是我太貪心。」

遲寒山緩緩閉了下眼睛：「不告訴你，是怕你擔心。」

最後，遲曜聽見的，是他自己的聲音。

「怕我擔心。」

他輕扯嘴角，自嘲般地說出這句話。

「或許是吧，更多的應該是覺得沒必要。」

他把這麼多年的情緒一併說了出來：「沒必要告訴我。」

這是讓他感到最無力，也最可笑的地方。

「——那到底什麼是有必要的？」

說到最後，他近乎失態：「我們明明是家人，可很多時候，我覺得我好像就是一個沒必要的人。沒有必要存在，沒有必要出現，所以也沒有必要告訴我。」

十八歲，到底是一個什麼樣的年紀。

最後遲曜坐在醫院長廊的休息椅上，隔著口罩，呼吸變得又沉重又悶。

他抬手，勾著口罩，把口罩往下拽了點。

然後他聞到一陣很濃烈的消毒水味。

白琴就躺在跟他一牆之隔的地方。

而他也處在，越過十七歲，走向一線之隔的，另一端。

好像一腳踏進了另一片未知的世界，整個世界可以在頃刻間顛覆。

他再站起來的時候，已經恢復成在火車站那時的樣子，問：「還差多少？」

遲寒山沒反應過來：「什麼？」

「錢。」

遲寒山還沒回答，遲曜又說：「漣雲那間房子賣了，應該能緩解一陣。不用考慮我。」

「至於這裡……」他說話時，看著病床上的白琴，在短暫的時間裡他卻感覺時間似乎過去很久，最後他說：「我留下。」

遲寒山：「你要留下來？那你學校……」

遲曜看著他：「這麼多事，你一個人忙得過來嗎。」

遲寒山沉默。

遲曜：「我留下來照顧她，反正高三的內容提前學得差不多了，不會耽誤升學考複習。等房子的事情差不多了，過一陣子我就去辦轉學手續。」

遲寒山久久說不出話。

其實在遲曜突然過來之前，他和白琴已經在這種窘迫的困境裡撐了很久。壓垮白琴的，其實不是生病，而是多年苦心經營的事業一下瀕臨崩潰，她一時難以接受。

「寒山，你還記得嗎，」有天夜裡，白琴呆坐在客廳，看著陽臺說：「以前我們剛辦工廠的時候，你有個姓劉的朋友。我們都叫他劉老闆，後來生意出事，從樓上跳下去了。我以前還不能理解，但是現在，如果我現在從這裡跳下去有用的話，我真的半點不會猶豫……」

他們對這份工作盡心盡力，甚至，對手底下的員工都比對那個遠在漣雲市的兒子上心。

他們不是合格的父母，但也實在是沒辦法兩者兼顧，手上的工作，手底下那麼多工人，太多無法控制的東西還是將他們之間的距離越推越遠。

從遲曜第一次生病的時候，他們沒能回去開始，之後就是各種缺席。缺席家長會，缺席生日。

甚至過年也越來越少回去。

一晃十幾年過去，那個小時候經常生病、病懨懨的兒子，在他們沒注意到的地方長大了。

遲曜的態度表現得比他更堅定。

他雖然沒有直說，但表達出了一句話：不管遇到什麼事，他會跟他們一起面對。

這個認知讓他很久都沒有回過神。

等回神後，遲寒山眼眶發熱。

他一個人照顧白琴，還要處理資金問題，咬牙撐著，他其實不知道自己什麼時候也會和白琴一樣倒下，那天想和遲曜說家裡的事，又在下一秒立刻收回。

但就在這種時候，他被自己忽略多年的兒子無形中拉了一把。

「不過，給我一點時間，」遲曜最後說：「我得……等到六月之後再走。」

「因為六月，有個對我來說很重要的日子。」

遲曜想到這裡，垂下眼，去看在他面前的女孩子。

林折夏穿著校服，背著個書包，她似乎是有點緊張，怕他這次過去遇到了什麼不好的事情，話語裡帶著小心翼翼和試探。

遲曜摘下口罩：「喂，這位姓林的同學。」

林折夏像被點到名一樣，說了一聲：「到。」

「六月十二，生日這天空出來給我，」他說話時向她湊近了些，抬起一隻手，掌心輕輕壓在她頭頂，「帶妳去個地方。」

十八歲這年的生日，因為很重要，所以林荷本來想幫她好好操辦。

但林折夏因為和遲曜之間的約定，在生日前一天婉拒林荷：「妳早上幫我過就好了，我下午還要出去和朋友一起過。」

林荷也不介意，只是裝模作樣說了句：「到底是長大了，小時候纏著讓我幫妳過生日，現在都想跟朋友過。」

「沒有，」林折夏說：「只是因為和朋友約好了，其實很想和你們一起過的。」

魏平問：「幾個朋友啊？別玩太晚。」

其實只有遲曜一個。

但林折夏還是說：「三四個吧。」

說完，她自己都不知道自己為什麼要在這方面騙人。

從喜歡上遲曜開始，她就潛意識覺得，和遲曜私下出去，似乎是一件「不好」的事情。

但是比起生日，她更在意遲曜家的事情，雖然那天她和遲曜沒有多說什麼，但她隱約有一種預感。她很難去形容，只知道她和遲曜之間有一種很奇特的感應。

晚上，林折夏難得睡不著覺。

她帶著那種預感，忍不住去想遲曜家的事情能不能順利解決。

大概是不能的。

遲曜家做生意，既然這幫人都找過來了，就不可能是小事。

她想起電話裡那句「還上」。

應該是錢吧。

如果要湊錢，可能還會賣房子，如果賣房子的話……

林折夏不敢再想下去。

在今天之前，她從來沒有想過，比她和遲曜這段她單方面有些失控的關係，更糟糕的關係原來是——他們兩個人可能會變得沒有任何關係。

在十八歲之前，她和遲曜形影不離。

以至於她差點忘記了，其實她和遲曜除了住得近，從小一起長大以外，並沒有任何實質性的關係。

是青梅竹馬，是兄弟，是朋友。

可是，朋友也是會分開的。

就算不是現在，可能也在以後，以後兩個人如果不在同一所大學，以後她會和遲曜從事不同的工作，以後遲曜也許會遇到他喜歡的女生。

除了這些以外，還有無數個以後。

十八歲以後，在更寬廣的世界展開之後，他們早晚會開始一段和對方沒有太大關係的人生。

「夏夏，妳房間燈怎麼還沒關？」林荷在門外問，「還沒睡嗎？」

林折夏急忙抬手把燈關上，房間裡瞬間暗下來。

「我睡了，」她聲音有一點點啞，「剛才忘了關。晚安，媽媽。」

林折夏有點想哭。

但這份心情，好像又不完全是難過。

她躺在床上，闔上眼，等她第二天再睜眼的時候，正式迎來了她的十八歲。

一大早，魏平幫她煮了一碗麵，送上他精心準備的禮物：「我這次的禮物，真的很酷。」

林折夏拆開包裝袋，這次裡面躺著的東西不再是粉色，也不再是毛茸茸擺件。

而是一副墨鏡。

魏平跟她詳細介紹：「這裡有個按鈕，按下去，它就會發光。妳看過柯南嗎？如果妳願意，也可以學習柯南的手勢，然後它就會亮起來。」

林折夏：「……」

半晌，她說：「真的很酷，謝謝叔叔，我很喜歡。」

林荷的禮物就正常多了，送了她一套以實用為主的保養品。

「十八歲的大女孩，生日快樂。」她笑笑說：「好了，吃完早餐就準備一下，等等去見朋友吧。」

林折夏又說了句「謝謝」，飯後她回到房間，認認真真地挑衣服。

因為等等要見的人是遲曜，所以等她換好衣服照鏡子的時候，發現自己居然下意識挑了一件白色的長裙。

穿這麼隆重的裙子……會不會太刻意了。

林折夏對著鏡子，做了半天思想鬥爭，最後還是把裙子換下來，按照平時的打扮，穿了件T恤，只是在搭衣服的時候，她還是忍不住動了點小心思，替自己搭了件牛仔百褶裙。

反正，這裙子看起來也挺休閒的。

她好像在和遲曜偷偷約會似的。

出發前傳了則訊息給遲曜：『等等你在社區門口等我。』

想了想，她覺得這則訊息傳得還不夠嚴謹。

『不對，你還是再走遠一點吧。』

『要不然我們在湖邊接頭？』

遲曜回得很快。

『妳當這是在地下接頭？』

林折夏：『……』

遲曜：『我在樓下。』

『好了就下來。』

林折夏深吸一口氣，然後對林荷和魏平說：「我出門啦。」

她下樓之後，發現遲曜也穿得很正式，他沒穿平時那幾件普通的T恤，換了一件版型挺闊的白襯衫，衣領解開兩顆扣子，只是下身搭的那件破洞牛仔褲讓整套裝扮看起來乾淨且不羈。

林折夏一路小跑過去：「你要帶我去哪裡？」

遲曜沒說話，反倒先去看她。

林折夏今天穿了件短裙，女孩子纖細筆直的腿露在外面，白色襪子堆在腳踝處。臉上未施粉黛，頭髮披著，看起來異常乖巧。

他喉嚨微動，移開眼，過了一下說：「去了就知道了。」

林折夏「哦」了一聲，跟在遲曜身後，兩人去了客運站，坐上一輛長途巴士。

她和遲曜坐在後排，感覺從一開始的「約會」一下跳躍成「私奔」，她不知道為什麼有點緊張，問：「去的地方很遠嗎？」

遲曜：「還行，過去一個多小時。」

他又說了句：「睡一下就到了。」

林折夏：「我剛起來，怎麼可能睡得著，我又不是豬。」

遲曜因為太了解她，所以根本不信：「行，妳等等別睡。」

過了一下。

林折夏突然喊他：「遲曜。」

「你不會是要拐賣我吧。」

「……」

「是和殺豬的約好了，」遲曜說話時往後靠了下，「今天拉妳過去，看看妳這樣的，能賣多少錢。」

「……」林折夏沒說過他，悶悶地說：「你才是豬。」

過了一下，上車的人變多，車內變得嘈雜起來。

遲曜拿了副耳機，在戴上耳機之前，先遞給了她一隻：「要不要？」

林折夏接過。

她把耳機塞進耳朵裡，兩條長長的線，另一側連著遲曜。

她雙手交疊，有點緊張地搭在裙子上。

林折夏嘴上說著「剛起床怎麼可能睡得著」，但過了不到半小時，她就聽著耳機裡舒緩的音樂，在車內輕微的顛簸裡睡著了。

她迷迷糊糊間，感覺到自己的腦袋磕在什麼很堅硬的東西上。

但她在剛感覺到疼，還沒醒過來之前，又有一樣溫熱的東西輕輕用力，扣住了她的腦袋，然後她似乎在夢裡跌入一片雲海。

等她再醒過來的時候，發現頭正靠在遲曜肩膀上。

兩個人之間的距離很近。

她抬眼，能看到少年的脖頸和下顎。

過了一下，她聽見遲曜的聲音：「還說自己不是豬。」

「……」

林折夏坐直了：「……我怎麼會靠在你身上。」

遲曜看了她一眼，然後淡淡地說：「妳自己靠上來的。」

林折夏有點不好意思地「哦」了一聲。

剛才車有點顛簸，而且她又睡著了，歪一下頭也很正常。

巴士很快到站，林折夏透過車窗，發現他們現在所在的位置已經離開城安區，來到漣雲市邊緣，偏僻但環境很好的地方。

她對這裡有點印象，因為林荷和魏平之前商量出行的時候說過，這裡是旅遊勝地。好幾次魏平都打算帶他們過來玩，但一直沒機會。

林折夏下了車，發現目的地叫「羅山植物園」。

「這就是你送我的生日禮物，帶我感受大自然，」林折夏有點意外，畢竟來這種地方很像學校春遊，「你的良苦用心，我感受到了。」

遲曜卻沒有多說：「妳的禮物，還沒到時間。」

「時間？」

林折夏以為逛植物園就是生日禮物了，但遲曜這句話又讓她摸不著頭腦：「什麼禮物啊，為什麼還有時間規定，沒到時間之前都不能給我嗎。」

遲曜沒有和她多話，帶著她檢票入場。

下午豔陽高照，植物園很大，大到看起來逛一整天都逛不完。

從門口進去，整條路上都開滿了大片繡球花，在藍紫色的繡球花旁邊，還立著一塊介紹牌，牌子上寫著三個字「無盡夏」。

雖然這個活動很像春遊，但是林折夏還是逛得津津有味，因為這裡所有的植物和盛開的花，都代表了「夏天」。

滿園只在夏天盛開的植物。

林折夏蹲下來去仔細看那片繡球花的時候，察覺到某道視線。她敏銳地回頭，看到拿著手機在拍照的遲曜。

「你在拍什麼？」

遲曜放下手機：「風景照。」

林折夏怕他把自己拍進去，而且可能還會被拍得很醜，著急道：「我不信，你站那麼遠，拍到的東西肯定很多，那你給我看一眼，你是不是把我拍得很醜。」

遲曜像之前在沙發上那次一樣，把手機舉高了：「自己來拿。」

林折夏在他旁邊努力踮著腳去搆。

因為後面還有很多遊客，兩個人也不能一直在原地乾站著，所以她一邊移動一邊蹦躂，要是頭上再戴個兔耳朵，就真成了一隻兔子。

好在她健忘，看到下一個新奇的東西，就把剛才被拍的事情忘了。

前面有一棵很高的參天古樹，和她之前在寺廟裡看到的很像，但種類應該不同，而且最重要的是——樹上掛滿了紅色的許願條。

這些許願條把整棵樹都染成了紅色，滿目的紅，熱烈又張揚，上面掛著無數人的心願。

也許，這上面掛著許多多年前的心願，已經悄然實現。

林折夏心裡隱隱冒出來一個念頭，在她還來不及去細想的時候，下一秒，這個念頭成真了。

遲曜在前面掃完碼，拿了兩條紅色的許願條向她走來：「過來。」

「許願。」

林折夏愣了下。

遲曜又說：「妳的生日願望。」

這個十八歲，她和遲曜許生日願望的方式都很獨特，遲曜是在暴雨裡對著蠟燭許願，而她……她抬頭看了這棵古樹一眼，看到滿目熱烈的陽光和紅色。

她的十八歲心願，會永遠掛在這個熱烈的夏天。

因為願望不可以被人看見，所以林折夏寫許願條的時候故意和遲曜隔開距離。

她拿著筆，想了很久，最後四下張望了一眼，偷偷寫下兩個字：遲曜。

一筆一劃，寫得很認真。

哪怕她知道，她許的是一個這輩子都不可能實現的願望。

她每年生日都會許很多心願。

小的時候許願希望明年長高，要長得比遲曜更高，發現長高無望之後，第二年又換了心願：我希望期末考試考得比遲曜更好，這樣他就沒辦法再罵我笨蛋。

當然，這個願望也沒有實現。

還有類似這樣的，很多很多的，無疾而終的心願。

反正，生日願望最後的結局，大都沒有結局。

所以她今年的願望，寫這兩個字也沒什麼吧。

畢竟除了把這兩個字掛在這裡，將它混跡在無數許願條裡，偶爾被往來的遊客窺見——是她對遲曜的這份喜歡唯一可以被外人知道的方式了。

「好了。」林折夏蓋上筆。

然後她把許願條藏在身後，生怕被遲曜看見。

她為了轉移注意力，咳了一聲說：「你寫了什麼啊？」

但遲曜不動聲色地也把許願條抓在手裡，掩去上面寫過字的部分：「想看？」

林折夏點點頭。

遲曜扯了下嘴角：「不給。」

「……」

「我今天生日，」林折夏說：「應該讓我當一天大哥。」

遲曜想了想，似乎是同意了她的要求：「那妳再問一遍。」

林折夏：「你寫了什麼，給我看看。」

遲曜重新回答了一遍：「大哥，不給。」

林折夏：「……」

她想當大哥的意思，是這個意思嗎。

是讓他在「不給」這兩個字前面，加個「大哥」嗎。

遲曜又把話繞在她身上，目光在她手裡那張許願條上掃了幾下，反問：「妳寫了什麼？」

「……」

林折夏決定結束話題：「我覺得，我們還是不要過多好奇對方的願望了。」

說完她繞開他，找了一個很不惹人注目的角落把許願條掛上。

遲曜在對面問她：「搆得到嗎？」

林折夏踮著腳，生怕他過來幫她掛，匆忙把許願條掛在別人的許願條後面，確認許願條被完全遮掩住：「我當然搆得到。」

兩人在植物園逛了半天，很快天就黑了，原先掛過許願條的地方亮起一盞盞小燈。

林折夏想起來遲曜帶她入園的時候，說「禮物」，她忍不住問：「我的禮物呢。不會就是許願條吧？但是許願條也不需要時間限制啊，什麼時候都可以過去掛……」

她正說著，發現遲曜此刻帶她走的地方，是一條無人經過的小路。

和植物園裡其他鋪著石磚的路都不一樣，那條幽深的小路看起來非常隱祕，一個行人都沒有，像某種危險又神祕的入口。

林折夏剛想說「你不會真的要把我賣了吧」，話還沒說出口，走在前面的遲曜怕她走丟，於是向後伸了一隻手給她。

林折夏猶豫了一下，最後還是輕輕地拉住了他的衣袖。

然後她像夢遊似的，被面前的少年牽著，走向這條小路。

忽然間眼前變得開闊起來。

穿過這條小路，裡面是一大片藏在植物園深處的樹林，高聳的樹林旁邊種滿了灌木，看起來像片小森林，在遲曜牽著她闖進去的瞬間，黑暗被無數星星點點的螢光驅散，整片「森林」陡然間亮起，千千萬萬隻身處低空的螢火蟲縈繞在周圍。

像一片由螢火匯成的海。

一片仲夏夜裡的，盛大螢火匯成的海。

林折夏感覺自己正身處在一片星光環繞的地方，整個世界都在這一刻被點亮。

在這片「星海」裡，遲曜的聲音難得放緩地對她說了一句：「生日快樂。」

林折夏感覺今天一整天，遲曜帶著她把屬於夏天的所有美好都收藏了起來。

這份生日禮物，遠遠超過她之前的想像。

「謝謝，」她說：「你怎麼會想到帶我來這裡？」

「查了下資料。」

遲曜又說：「又問了徐庭，他說他之前來過。」

林折夏「噢」了一聲：「這裡真的很漂亮。」

然後兩個人靜靜地站在這片熒海裡。

整個世界變得很安靜，安靜到，林折夏隱約覺得還有什麼事要發生。

她和遲曜之間那種奇特的預感，在此刻捲土重來。

在遲曜想張口說什麼的時候，林折夏站在這片熒海中，打斷了他：「遲曜。」

她看向他，認認真真地問：「你是不是要走了？」

「你是不是，要去京市……」這個話題一旦開了頭，後面的話想說出來就順利很多，

「陪叔叔阿姨啊？」

遲曜也在垂眼看她。

感覺時間過了很久，很久之後，她聽見遲曜「嗯」了一聲。

原來這就是十八歲。

她和遲曜，是不可能一直一直這樣繼續生活下去的。

命運的岔口不知不覺間，走到了該分別的時候。

遲曜原本就不知道該怎麼說，在他的設想裡，林折夏可能會哭鼻子，可能會像國中時候讀女校那樣，哭著問他能不能不要走。

畢竟這個膽小鬼最怕的，就是分別。

但他唯獨沒想過，林折夏會是這種冷靜的模樣。

她甚至顯出一種略顯稚嫩的堅韌。

「我猜到了，」林折夏對他說：「我是不是很聰明。」

遲曜又「嗯」了一聲，說話的語氣異常溫柔：「妳是全世界最聰明的膽小鬼。」

「我不是膽小鬼了。」

早就不是了。

而且，是因為他，所以她才變得勇敢起來的。

只是沒有想過，勇敢的林折夏，會迎來和遲曜勇敢告別的這一天。

「京市那邊資金鏈出了點問題，打算先把房子賣了，」遲曜簡單解釋，「我媽在醫院，下個月動手術，我得過去照顧她。」

「阿姨生病了？嚴重嗎？」她問。

「手術有點風險，」遲曜說：「暫時還不確定。」

「……」

在這些事情面前，再多的話都顯得無力，林折夏輕聲說：「希望沒事，阿姨看起來就是那種活到一百歲還能用氣勢威懾其他老太太的人。」

林折夏本來還想說，她其實存了一點壓歲錢。

而且如果需要的話，林荷和魏平也一定願意幫助他們的。

但是她太了解遲曜了。

這個人太驕傲，未必接受這種「幫助」。

「你什麼時候走呀？我去送送你。」

林折夏最後說：「不過你千萬別以為，你走了，就可以不管我這個最好的朋友了。」

「我還是會傳訊息給你的，我會傳很多很多很多訊息給你。」

「你要記得回我的訊息。」

林折夏起初是真的不難過，但是不知道為什麼，說到這裡，後知後覺地泛上來一陣細微的鼻酸：「不回訊息的話，我就，我……算了，隔那麼遠，我也打不到你。」

遲曜卻說：「不會。」

「什麼不會？」

「不會不回妳訊息。」

「那你會多傳點訊息給我嗎？」林折夏又問。

「多少算多？」

「每天幾百則吧，反正要比我多。」

「我看起來很閒嗎。」

「那五十則。」

「……」

「十則，」林折夏最後說：「十則總行了吧，早午晚安就占三則了。」

遲曜掃了她一眼：「所以，我每天都得給妳請安？」

「給大哥請安……」林折夏說話慢吞吞的，「不是很正常的事嗎。」

兩人很幼稚地在討論一天要傳幾則訊息給對方。

最後遲曜也沒說他到底要傳幾則，話題很快過去。

兩人之間又莫名安靜了一下。

林折夏忍不住叫他：「遲曜。」

「你……應該不會談戀愛吧。」

理智告訴她，她不該提這種危險的問題，不該把話題往這種地方引導。

但是她控制不住。

京市那麼遠，他會轉進新的學校，認識新的人。

和遲曜分開之後，在她看不見的地方，他的身上會發生一萬種可能。

這一萬種可能裡，會不會有那麼一種可能，是他可能會遇到一個喜歡的人。

「我的意思是，高三還是很重要的，如果你去了京市，最好不要把心思花在雜七雜八的事情上，」林折夏帶著私心，所以越說越沒底氣，聲音也越來越小，「……所以，你最好還是要好好念書，念書才是最重要的。」

「如果你談戀愛的話……」

林折夏的話說到這裡戛然而止。

談戀愛的話，又怎樣呢。

遲曜談不談戀愛，她又有什麼立場去干涉。

在她的話戛然而止之後，遲曜忽然問：「那妳呢？」

少年說話的時候，聲音跟著眼睛裡的光一起黯下來，瞳孔變深，她的回答似乎對他來說異常重要：「妳會談嗎。」

「我當然不會了，」林折夏用一種以身作則的語氣說：「而且我要是敢談戀愛，林荷第一個打死我。」

「我也不會。」

遲曜說話時，看著她的眼睛，「……不會談戀愛，會好好念書。」

說完，他又抬起手，主動做了那個他一直嗤之以鼻的幼稚動作，他屈起尾指，尾音略微拉長：「妳要是不放心的話……要不要打勾勾。」

周遭滿是黃綠色螢火。

像是滿天星光被上帝摘下來，放在了人間。

林折夏小心翼翼地勾上遲曜的手指，心想，這個「打勾勾」就是她今年收到的最好的禮物了。

哪怕，只是一句有很大機率不會作數的話。

一句一旦真正分開後，就會被時間磨滅在漫長歲月裡的無聊誓言。

但起碼，在今天她和遲曜打過勾勾。

她可以把這句話藏進她關於十八歲的永恆的回憶裡，藏進這個夏天，藏進那個無法示人的仲夏夜。

回去的車上，林折夏又睡了一路。

他們乘的是最後一個班次，車上沒幾個人，整輛巴士漆黑一片。

她做了一個很長很長的夢。

夢裡，有她和遲曜。

這個夢，從她跟著林荷下車開始，她抬頭看了南巷街街牌一眼，然後她帶著陌生和戾氣，頂著大太陽坐在對面公寓門口。

她聽到身後那聲「哢噠」聲。

緊接著，數年時光輪流倒轉。

最後轉到遲曜身上，他站在滿是螢火的夏夜裡看著她。

林折夏睜開眼，下車各自回到家後，才發現自己手腕上不知道什麼時候多了一條很細巧的銀色手鏈。

她不知道遲曜是什麼時候幫她戴上的。

大概是在車上，她睡著的時候。

林折夏想了想那個畫面，有點後悔自己為什麼要睡覺。

最後她嘆口氣，想，算了。

十八歲生日快樂。

林折夏在心裡對自己說。

雖然成長的煩惱來得太快，那份快樂在煩惱面前，顯得微不足道。

第十八章 開始習慣

遲曜轉學搬家的速度比她想像的更快。

不到半個月時間，所有手續就都辦得差不多了。

房屋降價急售，加快了脫手的速度。

加上這間房子在城安區地理位置不錯，所以這段時間來看房的人很多。

房子賣出去的第二天，社區門口停了一輛大貨車，用來運輸一些需要搬走的傢俱家電。

這間房子這麼多年基本上只有遲曜一個人住，所以需要搬的東西並不多。

週末，林折夏看著這輛貨車在南巷街街口停了很久。

遲曜家很快被搬得空蕩蕩。

何陽後來才知道遲曜家的事，但他和林折夏聊天的時候，也只能說出一句毫無作用的安慰：「別擔心，會沒事的。」

學校裡有些風言風語。

畢竟遲曜是個開學第一天，就被全校熱議的人，突然在升高三這麼關鍵的節點轉學，不少人都在私底下偷偷議論。

「遲曜要轉學啊？這麼突然。」

「啊？那以後我路過一班的時候，豈不是看不到他了。」

「妳不是覺得他性格差嗎。」

「差歸差，臉沒得說啊，養眼。」

「……」

那個「性格差」但備受關注的少年，最後一次出現在學校的時候沒有穿校服，穿了件跟其他人比起來顯得異常突兀的T恤，站在教務主任辦公室裡，在等他蓋章轉學文件。

老劉帶了他兩年，這時要幫他蓋章，心情也很複雜。

在把轉學文件遞交給他之前，他忍不住叮囑：「到那邊之後，有什麼問題都可以找我，過去一開始可能不太能適應環境……千萬不要讓環境影響了課業，老師相信你升學考能考出好成績。還有，你在物理上很有天賦，不要放棄自己的理想。」

遲曜接過文件，很認真地說了句：「謝謝老師。」

他蓋好章出去，徐庭倚在辦公室對面的牆上等他。

徐庭輕輕搭了下他的肩：「記得回來看看。」

然後，他又故意裝作輕鬆地笑了下，說：「還好校慶讓林少去勸你上臺了。」

「在高中，」徐庭說：「能和你同臺表演過……我挺開心的。」

遲曜沒說話，只是在徐庭想跟他擁抱的時候，他難得沒推開他：「走了。」

很快，一班那個後排靠窗的位子，也像那間房子一樣變得空蕩。

遲曜去蓋章的時候，七班在上課。

林折夏盯著黑板，忍不住走神。

她無比清楚地意識到，遲曜是真的要走了。

陳琳悄悄觀察她的反應，忍不住擔心道：「隔壁桌，妳還好吧？」

林折夏恍惚地說：「還好。」

陳琳：「妳看起來就不像還好的樣子。」

林折夏沒說話。

怕她不開心，陳琳和唐書萱午休期間還去福利社買了點吃的給她，其中有一根棒棒糖。

林折夏接過，發現很巧合的是，這糖居然是檸檬味的。

她以為自己已經做好心理準備，也以為自己可以堅強面對。

但當和遲曜有關的所有事物一點點從她的生活裡抽離的時候，她發現自己還是很難承受，像是有一雙無形的手，將某種她生活裡最重要的東西一下抽走了。

她像一條突然離水的魚。

整個世界忽然間，缺了氧氣。

或許是潛意識逃避分別的橋段。

在遲曜收拾好所有東西走的那天，她本來說好要去送他。結果就在前一天，她嚴重發燒，去醫院打了點滴後又繼續在家裡昏睡。

「媽，」在睡過去之前，她提醒林荷，「遲曜走的時候叫我。」

林荷隨口應了一聲。

林折夏強調：「妳一定要叫我，就算我睡得再沉妳也要叫醒我。」

林荷說：「知道了。妳再睡一下吧，燒還沒退呢。」

那天林荷最後沒有叫醒她，因為遲曜在約定的時間之前，來了她家一趟。

「荷姨，魏叔，」可能是因為要走了，少年顯得有些匆忙，進門後說：「我來跟你們告個別。」

說完，他語調微頓，又說：「順便也和她……道個別。」

相處那麼多年，遲曜可以說是在他們眼皮子底下和林折夏一起長大的孩子。

林荷多少也有些不捨，她和魏平拉著他叮囑了很多事。

「你到了那邊，課業應該跟得上吧？阿姨不太了解京市，升學考內容和這邊一樣嗎？」

「不要給自己太多壓力，」魏平也插話說：「你還是個孩子，家裡的事情，顧不上的地方不要強行讓自己去扛。」

魏平說著，從錢包裡掏出一張卡來：「叔叔這裡……」

遲曜打斷：「魏叔。」

遲曜後面的話說得有些艱難，「……怎麼能用你們的錢。」

魏平也反應過來自己這個舉動太草率了。

他把卡收回去，但還是忍不住說：「雖然叔叔能力有限，但之後如果需要的話，你不用跟叔叔客氣。」

遲曜垂下眼，知道他是好意，沒再多說。

過了一下，他問：「她發燒怎麼樣？」

林荷反應過來，連忙說：「還沒退，你等著，我去叫她。」

「不用，」遲曜從沙發上起身，「我能進去看看她嗎？」

林荷知道孩子之間有他們想說的話，比起跟她和魏平告別，他最想告別的人是林折夏：「當然可以了，進去吧，我和你魏叔不打擾你們。你好好跟夏夏道個別，她知道你要走，一直提醒我讓我記得叫醒她。」

遲曜推開那扇熟悉的門。

記憶裡，他第一次進林折夏房間，是在小學的時候。

在某次，他生了病，從醫院回來。

他剛打完點滴，手上還貼著膠布，習慣性地一個人從醫院搭計程車回那個空無一人的

「家」，結果發現林折夏蹲在他家門口等他。

「你回來啦，」女孩子見他出現，彎起眼睛笑了，不知道已經等了多久，「你要不要去我家。」

女孩子又說：「我可以跟你一起玩，晚上，你也可以跟我一起睡。」

遲曜想到這裡，有些出神，他進臥室後，掃了女孩子房間裡的陳設一眼。和小時候沒有太大差別，整間房間簡單卻溫馨，那堆她不敢拒絕的粉色玩偶整齊擺放在角落的置物架上，置物架旁邊有排書架。

林折夏偶爾會心血來潮買很多名著，但最後這些書都只翻了不超過十頁就扔在書架上再沒動過。

她唯一看完的，應該就只有書架上那幾本童話書。

他視線偏移，又看了她扔在書桌上拆開後沒吃完的零食一眼。

最後，他把視線落在床上。

女孩子安靜地睡著，頭髮睡得亂糟糟的，呼吸清淺。

只是她睡得不太安穩，眉心皺著，偶爾還會發出一點輕微的夢囈。

客廳裡。

林荷見遲曜進去之後，正準備進廚房，門又被人敲響。

這次站在門口的是何陽：「荷姨。」

何陽打了聲招呼後又探頭問：「他們是不是在一起呢？我想來送送遲曜，結果去他家發現家裡沒人。」

林荷說：「在的，我幫你喊他們。」

何陽悄咪咪的「噓」了下：「別，荷姨，我偷偷進去，我倒要聽聽他們有什麼話要背著我說。平時他們搞小團體也就算了。」他越說越氣憤，「都這種時候了，居然還拋下我。」

何陽故意放輕腳步，走到門口，緩緩將門推開一道縫。

不過他說歸說，也沒想真的偷聽他們說話，他正打算咳一聲提醒，還沒開始清嗓子，意外透過門縫窺見了房裡的畫面——

盛夏的陽光透過窗紗照進來。

女孩子躺在床上睡得很沉，少年站在床邊，他俯下身，一隻手撐在女孩枕邊，兩個的距離一下子湊得很近，近到，唇和唇之間只隔著極短的距離，遠遠看像是快要親上去一樣。

少年垂眼看著她的時候，瞳孔顏色變得很深。他以一種近乎臣服的姿態，垂下脖頸，手指因為克制而緊繃著，最後他維持住這個距離，停滯了一下，沒有再繼續低頭靠近。

不知過了多久，他喉嚨微動，往後退了下，再俯身下去的時候，吻克制而輕柔地落在女孩額頭上。

何陽在心裡說了一句「靠」。

他全靠本能反應，輕輕把門闔上，復原成沒推開過的樣子。

然後腦子才遲緩地開始運轉起來。

遲曜，剛才，差點，親了林折夏。

那是想親吧。

都差點湊上去了。

何陽活了那麼多年，沒有哪一刻像現在這樣呆愣過。

遲曜，他好兄弟。林折夏，也是他好兄弟。遲曜和林折夏，那更是鐵到不行的兄弟。

如果可以，他寧願相信他是在做夢。

但在極度的震驚之後，何陽又後知後覺地，想起很多很難發現的細節。

——「你怎麼突然開始鍛鍊了。你這腹肌，背著我偷偷練了多久？！長得帥就算了，還在背地裡練腹肌，你實在太過分。」

那是國中的何陽撞見遲曜鍛鍊時爆發的怒吼。

但他忘了，在這之前，林折夏差點被社區附近那群亂晃的高職生欺負。

他們被那群高職生堵在牆角，一點反抗能力都沒有。

——「……我又不是瘋了，全世界那麼多女的，我就是喜歡任何一個，也不能是我夏哥。你說是吧。」

他那時隨口說的話，遲曜並沒有接。

按照這人平時的習慣，他應該嘲諷一頓「誰會喜歡林折夏」才對。但他沒有，他只是叫他滾。

還有。

仔細想想，他平時只喜歡回林折夏的訊息。

只對她格外偏心。

一個根本懶得照顧別人心情的人，對「林折夏好像有點不對勁」這件事，卻格外敏感。

還有很多類似這樣的細節。

——「我手借你。」

——「你可以P圖。」

他當初是腦子裡進了多少水，才會覺得遲曜可能是對他圖謀不軌？

但在震驚之後，他也知道了為什麼這人能深藏那麼多年。

因為他喜歡誰不好，喜歡的人是林折夏。

是那個他們從小一起長大的林折夏。

就像他當初說的那樣，全天下那麼多女的，喜歡誰也不可以喜歡上的林折夏。

何陽在門口站著，還沒想好等等要怎麼進去，就聽林荷在身後問了句：「不進去嗎？」

何陽故意往後退了幾步，然後大聲說：「荷姨，我去洗手間洗個手再進去。剛剛不知道摸到什麼東西，手上黏糊糊的。」

等他裝模作樣洗完手出去的時候，遲曜剛好從林折夏臥室出來。

何陽繼續裝不知道：「你們聊完了？」

遲曜：「她在睡覺，沒聊。」

何陽的反應太過自然，連他自己都騙過了，他幾乎要以為他剛才真的什麼都沒看見。

何陽：「噢。我還以為你們背著我偷偷講什麼小祕密，特地趕過來，原來你們什麼都沒說。」

最後何陽送遲曜出去等車。

離別的時候，都以為會有很多話想說。

但其實，比起很多話，離別更多時候好像總是悄無聲息。

比如沒有被叫醒的林折夏。

比如，他和遲曜之間的三言兩語。

何陽拍拍他的肩：「走好啊兄弟。」

「……」遲曜冷冷地說：「不知道的還以為我是去赴死。」

何陽笑了下：「哪來的話。」

他說完，站在南巷街街牌底下，感慨了一句：「很難想像我和你見第一面的時候，居然還是小學。」

雖然小學那時，他和遲曜水火不容。

那時他覺得，自己就是這個社區的老大，本想認遲曜做小弟，沒想到這個病懨懨的人脾氣還怪衝。

後來更是殺出了林折夏這隻護著遲曜的「母老虎」。

「有空記得回來……」

何陽說到這裡，頓了下，想到房子都賣了，回來這個詞多少顯得有點尷尬。

他最後說：「回來看看我們。」

林折夏心裡記著事，沒睡太久，但等她強迫自己醒過來時，遲曜已經走了。

她匆忙跑出去，卻聽見林荷說：「遲曜啊，他來過我們家一趟，也進妳房間看過妳，我以為你們已經說過話了呢。」

她站在樓下，過晒的陽光照得空氣滾燙。

蟬鳴聲不斷。

『你走了？』

『為什麼不叫我？』

『你都……進來了，為什麼不叫醒我？』

『我還想送送你的。』

她蹲在樓下傳訊息給遲曜，過了一下，遲曜回覆：『本來就不怎麼聰明。』

『發燒再不休息，容易影響智商。』

林折夏：『……』

這人怎麼走了還不忘人身攻擊她一下。

但這種熟悉的發言，倒是讓她一下子沒那麼難過了。

林折夏：『你上車了嗎？』

遲某：『嗯。』

林折夏：『那你，吃過飯沒有？』

遲某：『吃了。』

一段無意義的聊天之後，遲曜趕她回去睡覺。

林折夏回去之後昏昏沉沉地睡了一整天。

等她再睜開眼，意識到她要一個人開始一段嶄新的，沒有遲曜在身邊的生活了。

她看起來好像沒有受半點影響，依舊和林荷笑嘻嘻地打趣，還對魏平說其實收到他生日禮物的時候有點崩潰。她每天吃完早餐就去上學，何陽會在車站等她，但等何陽到站下車後，實驗附中和城安二中之間的那兩站路，只剩下她一個人。

車上人很多，窗外景色也很繁華，一切都很熱鬧。

起初陳琳和唐書萱都不敢和她聊遲曜，怕她難過。

倒是林折夏會主動提起遲曜如何如何：「遲曜已經到京市啦，他的新學校是那邊一所升學高中，但是管得很嚴，上學的時候不讓帶手機。」

「他被選上，要去參加京市的物理競賽。」

「……」

儘管這些和遲曜有關的事情，開始變得和她無關。

她看起來和之前沒什麼兩樣，只是忽然開始拚了命地念書。

以前林折夏念書態度雖然也很認真，但不是很愛動腦子，有點得過且過，覺得不會的題目，很容易就放下。

遲曜走後，她的世界裡好像就只剩下念書。

每天沒有其他娛樂，偶爾陳琳和唐書萱邀請她週末出去玩，她也會婉拒：「妳們去吧，我想在家裡寫題。」

這個夏天過得很快，轉眼高二期末考試結束，緊接著暑假過去，他們升上高三，在高三上學期忙碌的念書生活中，季節也一晃到了夏末。

林折夏起初和遲曜每天都會聊天，但由於京市學校管理嚴格，加上遲曜需要在學校和醫院兩頭跑，漸漸地，聯絡的頻率從一天一次，變成了幾天一次。

雖然林折夏在生日那天說希望他每天傳五十則訊息，但她知道他忙，平時也不想過多打擾他。

只會在週末找他聊一下。

這天週末，氣溫開始下降，她披著外套寫完幾張試卷，細細對過答案，弄清楚錯題後，才打開手機，點開那個貓貓頭頭貼。

『遲曜。』

『我今天好厲害。』

『我居然寫了三份試卷，而且估分都在一百二十分以上。』

『給你半小時時間，我要聽到你對好兄弟我的誇讚。』

半小時還沒到，她又接著傳：『對了，社區對面新開了一家很好喝的飲料店，我請……』

她下意識想打「請你喝」。

但在打出來之前，她意識到，她沒辦法像以前那樣請他喝了。

很多時候，她會做這種明明知道他不在身邊，卻還控制不住條件反射認為「我們可以一起去做」的事。

她把這幾個字刪掉，重新輸入：『我可以給你個機會，你請我喝。』

過了一下，遲曜真的發了個轉帳紅包給她。

林折夏點了「退還」：『我就開個玩笑。』

林折夏又問：『你在幹嘛呢？』

遲某：『在醫院。』

遲某：『等等回學校。』

林折夏罕見地發現自己開始接不上話，於是回了一個「哦」。

秋天，對面公寓，她曾經最熟悉的那間房子搬進來一戶新人家。

這戶人家搬家進來的那天，林折夏不知道怎麼想的，跑過去看了眼。

女主人帶著孩子，站在門口，奇怪地看著她：「小妹妹，妳有事嗎？找誰？」

林折夏捏著藏在手心裡的某把鑰匙，站在人家家門口，愣了一下說：「不好意思。」

面前的門鎖已經換過，變成了嶄新的電子鎖。

她手裡的鑰匙作廢，也早已經沒有了進去的理由。

她向後退一步：「我……走錯樓層了。沒別的事，打擾你們了。」

在走到樓下的剎那，秋風襲來。

她發現夏天熱烈的蟬鳴聲不知道什麼時候消失了。

林折夏在那一瞬間想，她以為會永遠熱烈下去的夏天，原來也是會落幕的。

夏天好像結束了。

林折夏成績上升得很快。

高三上學期期末考試，她考了全班第一。

而且在七班這個幾乎全員吊車尾的情況下，年級排名進了前五十。

他們七班是文組班。

高二選組分班那時，出現了一個很神奇的現象——在其他班級瘋狂各自選組的時候，只有一班和七班好像置身事外一樣。

一班那群學霸默認選理，七班這群「學渣」統一從文。

當時唐書萱和陳琳偷偷議論過這事：「這就是差距吧，畢竟選文組，知識再弄不懂，還可以背書……理組要是不懂，那就真的沒辦法了。妳就是把我按在試卷上，打死我也想不出。」

至於一班。

好像都是認為理組更好選科系，並且從他們班平均分上看，理組優勢更大。

她開始埋頭念書只有一個原因，她想跟他再見面。

如果大學……她能和他考同一所大學的話。

但是兩個人分數上的差距，實在很難彌補。

林折夏對著這張被班導師誇了一通的成績單，並不感到開心。

比起遲曜，這份成績還是差得太遠了。

她去查過物理系比較出名的幾所學校，每一所都不是她現在能考上的。

最後她嘆口氣，心說再努力一點吧。

遲曜走後，林折夏放心不下他家裡的情況。

明知道他不會收錢，但她忍不住。

她把自己的壓歲錢全部存到手機銀行裡，存了兩千多「鉅款」，特地換了個陌生手機號碼轉帳給遲曜。

只是第二天，遲曜把錢轉了回來。

林折夏默不作聲，再轉過去。

遲曜終於透過轉帳備註回覆訊息：『轉錯人了。』

林折夏：『我沒轉錯人，實不相瞞我其實是一個富豪，我這個人，就是錢多，喜歡在網路上每天隨機抽選幾位幸運兒，然後送錢給他們。』

不出十分鐘，她的通訊軟體響了一聲。

是遲曜傳來的訊息，訊息上什麼都沒說，只有三個字。

遲某：『林折夏。』

林折夏：『……』

林折夏知道他發現了。

她意料之中，但也感到納悶。

『你怎麼知道是我？』

遲曜回覆她四個字：『還用想嗎？』

林折夏怕他會不開心，於是打字，替自己補充：『對不起。』

『其實，我只是單純因為有一個富豪夢。』

『我想在網路上跟人說這種囂張的話很久了。』

大概過了半年之後，她開始習慣沒有遲曜的生活。

在網路上看到什麼想去打卡的地方，或者是學校福利社最近推出什麼新品套餐，不會再第一時間想到：我要和遲曜一起去。

只是偶爾，很偶爾會想起一些只屬於對方的小細節。

「福利社最近開始賣爆米花了！」

唐書萱興沖沖地過來通知她們，「十塊錢一桶，體育課的時候可以去買。」

林折夏第一反應想到的是，遲曜不喜歡爆米花。

但遲曜吃過電影院裡她抱著的那桶。

高三，林折夏還是埋頭念書著。

遲曜不在身邊後，她身邊不知不覺間，也出現了想靠近她的異性。

她開始有了「追求者」。

其中一位是高一那時就開始坐在她後排的男生。

那個男生要過她的聯絡方式，但和其他同學一樣，加了之後沒怎麼說過話，只是逢年過節傳過節日祝福。

有次下課時間，她發現自己桌上多了一盒餅乾。

手機上靜靜躺著一則訊息：『我看妳中午吃得很少……所以買給妳的。』

林折夏愣了下，回覆：『謝謝，但是我不能收你的東西，餅乾多少錢，我轉給你吧。』

但那個男生意外地堅持。

甚至在她屢次拒絕之後，忍不住說：「林折夏同學，我其實喜歡妳很久了。」

林折夏有點愣：「啊？」

後座男生：「其實從高一……剛入學的時候，我就在關注妳。」

「我覺得妳很可愛，」那男生對她說話時，也是小心翼翼的，「只是之前妳身邊的人太多，我不好意思跟妳搭話。」

林折夏沒想到她還能收到表白。

她覺得尷尬，但還是認認真真地說：「謝謝，但是我和人約好了，高三會好好念書。希望你也能好好念書。」

等她放學，把被表白的事情隱去關鍵資訊告訴何陽。

何陽表情有點複雜。

林折夏：「你怎麼這個反應，有人跟我表白很奇怪嗎？」

何陽說：「不奇怪不奇怪。」

林折夏：「大壯，你有點不對勁。」

何陽總不能說，他是想到了遠在他鄉的另一個喜歡他夏哥的人：「我對勁得很。」

何陽一個人藏著這個祕密，藏得多少有點難受。

半晌，他忍不住說：「妳之前是不是問過我，遲曜喜歡什麼類型的女生？」

林折夏冷不防跟著回想起當初手滑導致的「黑歷史」：「……怎麼？」

——妳就沒有想過遲曜喜歡的會是妳嗎。

可這件事，遲曜藏得那麼深，他沒有資格替他說出口。

最後何陽理智回籠，把湧出口的話嚥下去：「沒怎麼，我就是剛好想到這事。」

日子就這樣一天一天地過去。

只是她每次從做不完的試卷裡抬起頭，常常會驚覺，她和遲曜之間的距離，好像比前段時間又更遠了一些。

她滑開手機。

翻看和「遲某」的聊天紀錄，發現兩人之間的話題變得越來越少。

『剛看到。』

『我剛寫完作業。』

『我剛到家。』

『我在寫試卷。』

『今天數學居然有五份題目，可能要寫不完了。』

這些話無意義地重複著。

而遲曜那邊的訊息也是：『在醫院。』

『剛動完手術。』

『剛從學校出來。』

『這週手機被老師收了。』

兩人聊得更多的反而是念書。

遲曜會定期幫她總結歸納重點，拍照傳給她。

林折夏本來以為，京市雖然遠了一點，但兩個人還是可以見面的。

她知道遲曜在醫院走不開，她本來計畫寒假去京市看他一眼，但生活總有很多這樣那樣的意外。

城安二中高三寒假只放五天。

而這五天……

「夏夏，今年過年我們去魏叔叔老家過，」放假前，林荷對她說：「來回就要兩天，在那待三天，剛剛好。」

林折夏算盤落空，失落地「哦」了一聲。

魏平老家在鄉下，她還是第一次去。

魏爺爺魏奶奶人很好，知道她要升學考，讓她別緊張，包了大紅包給她。

這裡孩子多，林折夏一去就被一群小孩團團圍住。

除夕夜，她在這群孩子的打鬧聲和炮竹聲裡接到了遲曜打來的一通視訊電話。

視訊裡的遲曜看背景應該還在醫院，過年期間，醫院走廊空空蕩蕩的，偶爾有穿醫師袍巡邏的醫生經過。他穿了件灰色休閒衣，五官扛住了鏡頭，眉眼依舊是熟悉的樣子，或許是走廊裡燈光太暗，導致他看鏡頭的時候，眼神很深。

林折夏接起後說：「你怎麼想起來打視訊電話給我？」

『看看妳。』

林折夏的心跳因為這三個字停了一下。

遲曜話音也頓了下，把話補全：『……看看妳最近過得怎麼樣。』

林折夏心說原來剛才話沒說完：「哦，我最近過得挺好的。」

『妳在哪裡？』他問。

「魏叔叔老家這，」太久沒看到這張臉，林折夏有些不敢和他對視，她目光下移，「我第一次來，不過他們對我很好。」

林折夏又說：「你在醫院嗎？怎麼過年還在醫院？」

遲曜：『我媽身體狀況不太好，動手術之後養了一陣子出院之後，又有點其他症狀。』

他們實在是太久沒見了。

哪怕隔著網路，也感到有些莫名的拘束。

林折夏：「那你家……家裡的事情怎麼樣了。」

遲曜：『還在處理，新生產線的問題如果解決不了，工廠和當初買的這片地本身也還有一定價值，應該能填上。』

只不過這個「填上」，付出的代價是多年心血付諸東流。

寒暄過後，兩個人陷入短暫沉默。

林折夏察覺那種猛然間發現對方，比上一次，離自己又遠了一點的感受在瞬間捲土重來。

原來兩個再熟的人脫離了相同的環境和社交圈之後，也會變得無話可說。

「遲曜。」

她最後舉著手機，對準夜空裡的煙火說：「新年快樂。」

煙火升空，在黑夜裡綻開。

『新年快樂。』

京市第一人民醫院裡，少年對著手機，放低聲音說了一句。

手機螢幕上，煙火絢爛，鏡頭晃了下，應該是有小孩從她身邊跑過去，吵吵鬧鬧的，在喊她「姐姐」。

過了一下，視訊裡的女孩匆忙說了句「我媽叫我，我先掛了」。

視訊通話中斷。

遲曜在長椅上坐了幾分鐘，他把手機收進口袋裡，雙手插口袋，垂著眼不知道在想什麼。

緊接著，身後的病房裡傳來白琴的聲音：「——遲曜。」

遲曜應了一聲，推門進去。

由於生病，加上遲曜一直在她身邊照顧她，白琴這個從來沒有服過軟的女強人，開始依賴自己這個兒子，她人生中難得有這麼柔軟的時刻：「你在外面幹什麼呢？」

遲曜說：「打了通電話。」

說完，他又走到床邊，扶白琴起身後問：「要不要吃顆蘋果？」

遲曜照顧她已經成了習慣，很快把蘋果削好遞過去，白琴接過蘋果的時候正想感慨，意外窺見遲曜放在她床邊的手機亮了下。

他的手機桌面是一張照片。

白琴仔細去看，看見一片藍紫色的繡球花團，和一個女孩子蹲在花邊的側影。

她覺得眼熟，想了很久才想起來她對這個女生的印象源自哪裡。

印象來源於多年以前，她和寒山回去取東西，忽然跑出來攔住他們去路質問他們為什麼不陪遲曜的那個小女孩。

兩張臉很相似，只不過記憶裡那個小女孩年紀還很小，臉上還有嬰兒肥。

而照片裡的女孩子，五官清秀，個子比起小時候高了不少，帶著少女時期特有的纖細。

白琴咬了一口蘋果，問：「你和……以前的朋友，還有聯絡嗎？」

遲曜說：「有。」

醫院外面也在放煙火。

兩個人難得一起過年，居然是現在這樣的景象。

白琴難免感傷，她忽然說：「媽以前，不是一個合格的母親。你的成長過程，我錯過了很多。」

遲曜在收拾果皮，聞言，手上動作頓了下。

「以前我像個背著重殼不得不往前走的人，一路上，我覺得背著的這個『殼』很重要，事業很重要，錢很重要，社會聲望很重要，別人眼裡的『白老闆』三個字很重要。」

「不知道什麼時候開始，『媽媽』這個詞在我的生命裡，變得不那麼重要了。」

她那麼多年，一直錯過了最重要的東西。

白琴坐在病床上想，那個女孩子當初說的話是對的。

但當時，她和遲寒山急著回京市，只覺得這孩子年紀小不懂事。

「這段時間，一直是你照顧我，」白琴看著遲曜，「你高三，還要學校醫院兩頭跑。我從來沒想過，現在居然會是我倚靠你，你在我沒有看到的地方……獨自成長成了一個很出色，很了不起的『大人』。」

出乎她意料的，遲曜收拾好水果刀，看向她，一字一句說：「我不是。」

白琴愣了下。

他又說：「我不是一個人獨自長大的。」

在林折夏以為她和遲曜之間的距離越來越遠之後的某一天，她忽然間有了一種新的感受。

升學考前一次很重要的模擬考，她超常發揮，連一向容易失分的數學都考得很好，年級排名進了前二十。

這個成績，幾乎是「一班」優等生的成績。

老劉和老徐兩個人都欣喜若狂，老劉更是特地把她叫進辦公室，連連誇她是「黑馬」。

「小林啊，我是萬萬沒有想到啊，」老劉拍拍她的肩，遞給她一張由他親自列印的劣質獎狀，「沒想到妳在念書上有這樣的天賦。」

「作為入學成績被劃進七班的學生，透過自己的不斷努力，以一己之力挑戰一班。」

「學校需要妳這樣的人，需要妳這樣的優秀代表。」

「……」

林折夏低頭看了眼，劣質獎狀上劉主任的大筆寫著：學習奇才林折夏！

她深吸一口氣：「謝謝劉主任。」

老劉擺擺手：「不客氣，妳要是想謝謝我，那下週一的升旗儀式，妳上去演講吧？發表一下念書心得，幫大家做做考前鼓勵。」

「……？」

林折夏忍不住說：「劉主任你挺會做生意的。」

老劉一錘定音：「那就這麼說定了啊。」

「……」

在升旗儀式上發表念書心得，這種事情在入學的時候，她根本想像不到。以她的性格，她是那種站在在臺下幫別人鼓掌的人。

林折夏拿著獎狀從辦公室出去，嘆了口氣，雖然不至於抗拒，但想到多少還是有點緊張。

她回到家，寫完兩份題目之後，開始寫念書心得。

她的念書方法其實很笨拙。

沒有什麼很特別的招數，寫完後，自己也覺得這篇心得念起來會很無聊。

在上臺的前一天，她恰好收拾書櫃。

打開櫃門的那一刻，她看到了擺在書櫃裡的那隻小兔子。

因為保護得好，平時收納在櫃子裡，所以小兔子鑰匙圈看起來還是很新。

她拿起它，某一瞬間，好像回到她和遲曜一起蹲在娃娃機面前的時候，她彷彿能看到少年勾著鑰匙環，把它送到她面前的樣子。

還有那天，他曾對她說過的話。

——「膽小鬼。」

——「妳明天應該不會太倒楣。」

在這天之前，林折夏覺得她和遲曜之間的距離變得越來越遠，遠得就快要抓不住了。

但也是在這天，她恍然發現，原來過去那段漫長歲月裡的無聲陪伴，早就在不知不覺間浸入了彼此的骨骼裡。正因為他的存在，所以她身上的某個部分才組成了現在的她。

這才是她和遲曜之間真正的距離。

儘管，他其實已經不在她身邊很久很久了。

之後的時間過得很快。

林折夏得知白琴出院，之後遲寒山找到了一位老朋友幫忙，把之前沒能運作好的新生產線低價賣給了另一家生產商，雖然虧損很多，基本上把這些年賺到的錢都折了進去，但好在沒有真正傷筋動骨。

兩人決定從頭開始。

只是這次的計畫裡，不再只有工作了。

他們打算放慢腳步，把之前割捨的生活重新找回來。

說來人也很奇怪，經歷了一次「失去」，反而「得到」了很多。

遲曜家裡的事不用他太操心之後，學校進入升學考前的封校集訓期。京市的學校為了防止學生帶手機，甚至有一套專門的訊號遮蔽裝置。

於是兩人的聊天紀錄，停留在考前兩個月，停留在遲曜和她說完這些事情之後，林折夏回覆的那句「知道了，升學考加油」。

升學考在六月份。

考前，林折夏的成績維持穩定狀態，沒有再繼續上升。

她自己也清楚，再往上提分這件事確實很難，她不可能一年多的時間就考進全校前十。

前十那幫人，早就從高一開始就和後面的人拉開了巨大的差距。

徐庭就是個典型，腦子好，學得快。

當然，在之前，這幫人眼裡也有一個令人仰望的存在——那個放著一中不去，跑來二中打擊他們自信心的遲曜。

林荷察覺出她的低落，吃飯時說：「沒事的夏夏，這個成績已經很好了，媽做夢都沒想過妳居然還能挑個好學校上。實不相瞞，從妳入學第一天開始，媽就做好了妳升學考可能會落榜的心理準備。」

林折夏：「……」

落榜，那倒也不至於。

「可是我想去京大，」林折夏戳著碗裡的米飯，心說物理系最好的那所學校在京市，「我現在的成績，離京大最低分數線差了十幾分。」

魏平前陣子剛去學校，替她開完家長會，說：「漣雲大學也不錯呀，那天我去開家長會，你們老師找我聊過了，建議妳報漣大，學校挺不錯的，而且妳現在的分數，報漣大更穩一些。報京大風險實在太大了，也很容易影響妳升學考的發揮。」

因為如果升學考沒有超常發揮，她考不上的可能性就是百分之一百。

這種心理壓力，誰都承受不住。

「漣大的科系也很出名的，有些科系還比京大好，」魏平安慰她，「況且，妳在漣雲我們也更放心些，京市那麼遠，妳一個人過去，難免不適應。」

林折夏：「可是……」

她說完「可是」之後，剩下的話卡在喉嚨裡。

可是遲曜在京市，遲曜會填報的學校也在那裡。

那一刻，她感到很無力。

她這一年已經很努力很努力，可離京大還是有無法跨越的鴻溝。

她和京大之間的距離，就像她和遲曜之間的距離。

她追不上了。

在填志願之前，遲曜打了一通視訊電話給她。

林折夏不知道怎麼想的，點了掛斷。

可能是太久沒見，比起那份想念來說，透過視訊見到對方，似乎會更加令人無所適從。

她掛斷後打字：『我現在在外面，不太方便接視訊電話。』

然後她撥過去一通語音電話。

「你們學校放假了嗎，」林折夏握著手機，清了下嗓子，對著話筒說：「平時不是會收手機。」

遲曜的聲音透過聽筒，清晰地傳過來：『沒放。』

林折夏：「……那你怎麼打電話給我的，難道你去教務主任辦公室偷手機了？」

電話對面順著她說：『嗯，我半夜撬鎖。』

林折夏：「……」

半晌，遲曜才說：『請假了。』

林折夏：「哦。」

短暫沉默後，遲曜問：『什麼時候填志願？』

林折夏：「下週。」

『準備填哪所學校？』

「……」

林折夏沒有立刻回答。

對著電話，她那天在餐桌上被林荷和魏平齊齊阻止的念頭又冒了出來，她試探性地，再次捕捉住那個瘋狂的不切實際的想法，握著手機的手收緊：「你覺得……我填京大怎麼樣？」

怕遲曜多想，她補充說：「我只是在漣雲待膩了，想脫離林荷的魔爪，而且，唐書萱她們也打算報京市的學校。」

說完，她停下，忐忑地等待遲曜的回答。

好像只要他一聲令下，她就可以去做那件不被所有人允許的最冒險的事情了。

然而在短暫的沉默過後，少年冷倦的聲音響起：『報漣大吧。』

林折夏的心直直下墜。

『妳的分數，報漣大比較好。』

連遲曜都這樣說。

其實她自己也知道，她只能報漣大。

她所有的期待落空，在掛斷電話的那刻徹底承認一個殘酷的現實：她和遲曜，要徹底開啟和對方無關的人生了。

以後不會再有交集。

他們會各自上大學，大學這幾年會將他們拉得更遠，遠到，彼此可能會在新的成長階段重新組成一個自己，而數年後，這個新的「自己」和對方之間的關聯，會越來越少。

兩條直線從某個點開始交叉出去之後，只會越來越遠，再難找到下一個交點。

填志願那天，各班被安排去電腦室用電腦操作。

林折夏坐在電腦前，手裡的滑鼠很沉。

她有那麼半秒鐘，拖著滑鼠在「京大」上停留了一下。

填報完志願，從電腦室出來之後，她沒有回班級。

陳琳和唐書萱發現她不在，出來找她。

兩人找到她的時候發現她一個人在樓梯轉角處縮著。

「怎麼了？」陳琳和唐書萱走到她面前蹲下，她們起初還不知道怎麼回事，但蹲下之後，發現林折夏肩膀居然在抖，如果不仔細聽的話，不會聽見她甚至發出了很輕地嗚咽聲。

林折夏把臉埋進膝蓋裡，說話聲音零零碎碎的：「我……我就是有點難過。」

遲曜已經走了一年多了。

這一年多，她從來沒有哭過。

她每天都笑著，繼續好好生活，也很努力念書，好像遲曜離開這件事對她來說不是什麼不能承受的事情。

一年多，這是她第一次沒繃住。

「我考不上京大，」林折夏整個人都在發抖，「我還是差了十幾分。」

「所有人都叫我報滙大。」

「可是……可是……」

她說到這裡，哽咽地說不下去。

可是漣大離他真的太遠了。

她沒有說完的話，陳琳和唐書萱聽懂了。

陳琳問：「遲曜要報京大嗎？」

林折夏埋著頭，沒有說話。

陳琳無措地安慰：「沒關係的呀……你們還是可以……」

陳琳說到這裡，安慰的話說不下去。

因為她想到，遲曜已經走了一年，那句「還可以見面」，在此刻顯得格外蒼白。

而且她們也要迎來分別，她、林折夏、唐書萱，她們三個如果考上不同的學校，她也不能保證是不是「還可以經常見面」。

林折夏哭完之後，又像一切都沒有發生過一樣。

她好像把所有的情緒，透過那一次悉數抒發了出來。

她最後還是填了漣大。

升學考結束，林折夏從考場出來，那天豔陽高照，蟬鳴聲重回，又是一個很熱烈的夏天。

所有人都在忙著慶祝自己脫離苦海，也有人在開心之餘，因為和同學的分別而感到感傷。

林折夏想，原來十八歲之後，就不可以再隨心所欲做夢了。

她做事需要考慮更多，她需要考慮林荷和魏平，如果報京大，他們會擔心。如果報京大，她幾乎注定了要重讀一年，重讀的話林荷又要為她操勞一年。

她也開始接受十八歲之後不會再有遲曜存在的世界。

她從考場出來，和遲曜報備了一下：『我感覺我考得挺好的，應該不會有什麼問題，你考得怎麼樣？』

遲曜傍晚回覆了她。

遲某：『還行。』

遲某：『考個全市前幾應該沒太大問題。』

林折夏回覆：『再提醒你一次，再裝遭雷劈。』

畢業那天，所有老師輪番上臺演講：「恭喜你們——畢業啦，也祝賀大家取得好成績，我們這次的升學考成績非常不錯，以後你們還會進入其他學校繼續深造，希望大家不會忘記在城安念書的這三年。帶著在城安的回憶，繼續奔赴下一站路吧。」

林折夏往一班的位置看了一眼。

徐庭和一個戴眼鏡的男生坐在一起。

她收回眼的瞬間，想到很遙遠的一天，那天高一入學，她拉著遲曜擠進人群去看分班表。

畢業典禮結束後，七班班長安排班級聚餐。

林折夏拍了張餐桌照片傳給遲曜。

遲曜也傳了張聚餐照片過來。

林折夏其實不是很喜歡和遲曜分享這些，因為遲曜在的那個學校和班級，她都不認識。

照片裡不小心入鏡的老師和學生，都是陌生的面孔。

這會讓她更有種大家沒有生活在同一個世界的感覺。

聚餐結束後，林折夏正要回家，在飯店走廊被人攔下。

還是之前那個男孩子。

後排男生有點緊張地說：「我考去海城市了。」

林折夏點點頭：「恭喜你。」

後排男生：「……雖然，之前已經和妳說過，但今天還是想再和妳說一次。我喜歡妳。」

林折夏又說了句「謝謝」。

他們現在已經考完試，高中早戀的禁錮被打破，也不存在那些要好好念書的藉口。

林折夏剛才在餐桌上喝了一點酒，這時有點飄飄忽忽的，在這一刻，某樣壓在內心深處太久的東西浮上來，在高三畢業的這一天，她第一次把這句話說出口：「我有喜歡的人了。」

高中畢業的這個暑假，林折夏本來以為她和遲曜可以見一面。

但她其實已經不像之前那樣期待了。

在太久的分別之後，見面對她來說，反而成了一件她想做卻不敢做的事情。

她害怕電話裡那些無數次的沉默，會面對面的被帶進現實。

她很難承受這種沉默。

因為面前的這個人，曾經是她親密無間的最好的朋友。

也是她一直以來偷偷喜歡的人。

說不上是失落還是慶幸，這個暑假林荷帶著她出了一次國。

他們家有個親戚在國外，結婚舉辦婚禮，邀請他們過去，林荷想到林折夏升學考完需要放鬆，於是延長了在國外探親的時間，帶著她四處走走。

林折夏在假期裡還是會和遲曜聯絡，但是她刻意迴避了關於遲曜報考學校的問題。

在她的潛意識認知裡，遲曜的成績，肯定是去京大的。而且叔叔阿姨也在京市，肯定會希望他報考京大。

以後就更難見面了吧。林折夏想，再過幾年，兩人就會從陌生，變成陌路。

何陽也留在了漣雲市，很巧合地，又成了她的「精神校友」。

這次他們離得比高中那時還近，因為幾所大學都在一片，圍成了一個占地巨大的「大學城」。

「妳能不能關心我一下，」大學新生報到那天，何陽和她一起過去，「大家那麼多年的朋友，妳又不知道我考上的是哪所學校。」

林折夏看他一眼：「我以為這麼多年，你已經習慣了。」

何陽：「……」

大學入校前，林荷帶著她置辦了很多東西。

她拎著行李箱，去新生報到。

新生報到這天滿學校都是人，熙熙攘攘的，大家穿著各不相同的衣服，不再是高中時期規規矩矩的模樣。

有人在假期迫不及待染了以前在學校裡不被允許的頭髮，有人開始化妝，有人和另一半牽著手走進校門。

一切都是新奇而充滿希望的樣子。

林折夏繳完費用，拿著學生會發的地圖，去找宿舍。

女生宿舍和男生宿舍隔著半個校區，她去寢室的時候，寢室裡已經有兩個人到了，一個短髮女生，還有一個染了綠色頭髮的女生，兩個人正坐在一起聊天，見有人進來熱情地說：「嗨，我們寢室一共六個人，妳是第三個到的。」

林折夏有點侷促：「妳們好。」

幾個人互相交換了名字，短髮的叫秦蕾，讀金融系，綠色頭髮女生是學藝術的，叫藍小雪。

林折夏選的是小語種，學語言。

「妳的頭髮很酷。」林折夏忍不住讚美。

很快寢室裡其他人也到了，人太多，林折夏暫時跟她們不熟，所以一整天下來話都不多。

她收拾完寢室床鋪，把一些日常生活用品都置辦好後，才有時間去看手機，看到遲曜傳過來的一則：『妳到哪了？』

這則訊息是兩個多小時前傳的。

訊息內容多少有點親暱。

她和遲曜分開一年多時間，很少會有這種沒有距離感的對話。

「妳到哪了」，好像他在等她一樣。

林折夏甩開這個不可能的念頭，回覆：『我剛到宿舍。』

這時，藍小雪喊她們：「我們晚上一起去找個地方聚餐吧，大學欸，高中的時候可憋死我了，哪都不能去，現在怎麼說也是個大學生了，得慶祝一下。」

說著，她又放低音量，「聽說我們學校附近有條街，裡面有酒吧。」

秦蕾說：「開學第一天就去酒吧，妳這個人是真的很狂野。」

藍小雪徵求她們的意見，林折夏平時在林荷的管束下，不怎麼碰酒，也沒去過這種地方，有點好奇，偷偷投了贊成票：「……也行吧。」

「全票通過，那我們傍晚就去。」

——《逐夏》未完待續——